TRANZLATY

La Langue est pour tout le Monde

اللغة للجميع

La Métamorphose

التحول

Franz Kafka

فرانز كافكا

Français

العربية

www.tranzlaty.com

Première partie
الجزء الأول

Gregor Samsa se réveilla un matin après des rêves agités.

استيقظ غريغور سامسا ذات صباح من أحلام مزعجة.

Il se retrouva dans son lit, incapable de bouger.

وجد نفسه في سريره، لكنه لم يستطع الحركة.

Il avait été transformé en un monstre vermineux.

لقد تحول إلى حشرة وحشية.

Il était allongé sur le dos, une carapace dure comme une armure.

كان مستلقياً على ظهره، الذي كان صلباً كالدروع.

En relevant légèrement la tête, il pouvait voir son ventre.

برفع رأسه قليلاً استطاع أن يرى بطنه.

Mais son ventre était bombé et divisé en segments.

لكن بطنه كان محدباً، ومقسماً إلى أجزاء.

La couverture reposait sur son ventre arrondi.

كانت البطانية مستقرة فوق بطنه المستدير.

Mais la couverture était sur le point de glisser complètement.

لكن البطانية كانت على وشك الانزلاق بالكامل.

Ses jambes étaient pitoyables comparées à leur taille habituelle.

كانت ساقاه هزيلتين مقارنة بحجمهما المعتاد.

Et ses nombreuses pattes s'agitaient impuissantes devant ses yeux.

وارتعشت أرجله الكثيرة بلا حول ولا قوة أمام عينيه.

« Que m'est-il arrivé ? » se demanda-t-il.

"ما الذي حدث لي؟" فكر في نفسه.

Mais ce n'était pas un rêve dont il ne pouvait se réveiller.

لكن لم يكن حلماً لا يستطيع الاستيقاظ منه.

Il se trouvait bel et bien dans sa propre chambre.

لقد وجد نفسه بالفعل في غرفته الخاصة.

Une vraie chambre pour des humains, mais un peu trop petite.

غرفة حقيقية للبشر، لكنها صغيرة بعض الشيء.

Il gisait tranquillement entre les quatre murs bien connus.

استلقى بهدوء بين الجدران الأربعة المعروفة.

Sur la table se trouvait une collection d'échantillons de textiles.

كانت على الطاولة مجموعة من عينات المنسوجات.

Samsa était un vendeur ambulant, d'où les échantillons.

كان سامسا بائعاً متجولاً، ومن هنا جاءت العينات.

Au-dessus des échantillons de textile désassemblés se trouvait une image.

كانت هناك صورة فوق عينات النسيج المفككة.

Il avait récemment découpé la photo dans un magazine.

قام مؤخراً بقص الصورة من إحدى المجلات.

Il avait placé le tableau dans un joli cadre doré.

لقد وضع الصورة في إطار جميل مذهب.

Le tableau encadré représentait une dame assise bien droite.

كانت الصورة المؤطرة تصور سيدة جالسة منتصبة.

Elle portait un chapeau de fourrure et un manchon de fourrure.

كانت ترتدي قبعة من الفرو، وكان لديها قفاز من الفرو.

Elle levait la main en direction du spectateur.

كانت ترفع يدها باتجاه مشاهد الصورة.

Son avant-bras entier disparaissait dans son épais manchon de fourrure.

اختفى ساعدها بالكامل داخل معطفها الفروي الثقيل.

Gregor regarda par la fenêtre le temps maussade.

نظر غريغور من النافذة إلى الطقس الكئيب.

On pouvait entendre les grosses gouttes de pluie frapper la fenêtre.

كان بالإمكان سماع صوت قطرات المطر الغزيرة وهي تضرب النافذة.

Le temps gris le rendait très mélancolique.

جعله الطقس الرمادي يشعر بالحزن الشديد.

« Et si je dormais un peu plus longtemps ? » pensa-t-il.

"ماذا لو نمت لفترة أطول قليلاً؟" فكر.

« Dormir davantage m'aiderait peut-être à oublier ces bêtises. »

"ربما يساعدني المزيد من النوم على نسيان هذا الهراء".

Mais dormir plus longtemps était totalement impossible.

لكن النوم لفترة أطول كان أمراً مستحيلاً تماماً.

Parce qu'il avait l'habitude de dormir sur le côté droit.

لأنه كان معتاداً على النوم على جانبه الأيمن.

Mais son état actuel l'empêchait d'effectuer ses mouvements habituels.

لكن حالته الراهنة حالت دون قيامه بحركاته المعتادة.

Il n'avait aucun moyen de se retrouver dans cette situation.

لم يكن لديه أي وسيلة للوصول إلى هذا الموقف.

Il fit de son mieux pour se jeter sur son côté droit.

بذل قصارى جهده ليلقي بنفسه على جانبه الأيمن.

Il a probablement tenté ce mouvement une centaine de fois.

ربما حاول القيام بهذه الحركة مئة مرة.

Mais il revenait toujours en position couchée sur le dos.

لكنه كان دائماً ما يعود إلى وضعية الاستلقاء على الظهر.

Il ferma les yeux pour ne pas voir ses jambes qui s'agitaient.

أغمض عينيه حتى لا يرى ساقيه المتوترتين.

Finalement, la douleur l'a empêché de réessayer.

في النهاية، منعه ألمه من المحاولة مرة أخرى.

Une douleur sourde au flanc qu'il n'avait jamais ressentie auparavant.

ألم خفيف في جانبه لم يشعر به من قبل.

« Oh mon Dieu », pensa désespérément Gregor Samsa.

"يا إلهي"، فكر غريغور سامسا في نفسه بيأس.

« Quel métier pénible j'ai choisi ! »

"يا لها من مهنة شاقة اخترتها لنفسي"!

« Je dois voyager tous les jours pour le travail. »

"يومًا بعد يوم، عليّ أن أسافر كثيرًا من أجل العمل".

« Le travail de bureau est beaucoup plus facile que le travail sur la route. »

"العمل المكتبي أسهل بكثير من العمل على الطريق".

« Et j'ai la malédiction de devoir voyager constamment. »

"وأنا أعاني من لعنة الاضطرار إلى السفر والتنقل".

« Toutes ces inquiétudes liées au fait d'être à l'heure pour les trains. »

"كل المخاوف بشأن الوصول في الوقت المحدد للقطارات".

« Mes horaires de repas sont irréguliers et la nourriture est mauvaise. »

"مواعيد وجباتي غير منتظمة، والطعام سيء".

« Mes amis changent constamment de ville. »

"أصدقائي يتغيرون باستمرار من مدينة إلى أخرى".

« Mes interactions sont froides et professionnelles. »

"التفاعلات التي أجريها باردة ومهنية".

«Que le diable s'amuse avec ce genre de travail !»

"دع الشيطان يتسلى بهذا النوع من العمل"!

Il ressentit une légère démangeaison en haut de l'estomac.

شعر بحكة خفيفة في أعلى بطنه.

Il s'appuya contre le montant du lit, le dos contre le sol.

دفع نفسه بظهره نحو عمود السرير.

Il voulait pouvoir mieux lever la tête.

كان يريد أن يكون قادراً على رفع رأسه بشكل أفضل.

Il a trouvé l'endroit qui le démangeait.

وجد البقعة التي كانت تسبب له الحكة والتي كانت تزعجه.

Sa tête semblait recouverte de petits points blancs.

بدا رأسه مغطى بنقاط بيضاء صغيرة.

Il ne pouvait pas dire ce que représentaient ces petits points blancs.

لم يستطع تحديد ماهية هذه النقاط البيضاء الصغيرة.

Il avait prévu de toucher l'endroit avec une de ses jambes.

كان يخطط للمس تلك البقعة بإحدى ساقيه.

Mais lorsqu'il toucha l'endroit, il ressentit un étrange frisson.

لكن عندما لمس تلك البقعة شعر بقشعريرة غريبة.

Il a donc immédiatement retiré sa jambe.

فسحب ساقه على الفور من المكان.

Il n'avait d'autre choix que d'accepter cette sensation de démangeaison.

لم يكن أمامه خيار سوى تقبّل الشعور بالحكة.

Et il reprit sa position initiale dans le lit.

ثم عاد إلى وضعه السابق في السرير.

«Se réveiller si tôt rend vraiment stupide.»

"الاستيقاظ مبكراً جداً يجعل المرء غبياً للغاية".

« Un homme doit dormir suffisamment », pensa-t-il.

"يجب أن يحصل الرجل على قسط كافٍ من النوم"، هكذا فكر في نفسه.

« Les autres représentants de commerce mènent une vie de luxe. »

"أما الباعة المتجولون الآخرون فيعيشون حياة مترفة".

« Le matin, je transfère les ordres que j'ai reçus. »

"في الصباح أقوم بتحويل الطلبات التي تلقيتها".

« Pendant ce temps, ces messieurs prennent encore leur petit-déjeuner. »

"في هذه الأثناء، لا يزال هؤلاء السادة يتناولون وجبة الإفطار".

« Imaginez un peu si j'essayais de faire ça avec mon patron. »

"تخيلوا لو حاولت فعل ذلك مع مديري".

«Il me licenciait avant même que j'aie fini mon petit-déjeuner.»

"كان يطردني قبل أن أنتهي من تناول فطوري".

« Mais ce ne serait peut-être pas le pire non plus. »

"لكن ربما لن يكون ذلك أسوأ شيء أيضاً".

«Le problème, c'est que mes parents me freinent.»

"المشكلة هي أن والديّ يعيقانني".

« Sans eux, j'aurais déjà démissionné. »

"لولاهم لكنت قد استقلت بالفعل".

« J'aurais tenu tête au patron et je lui aurais dit. »

"كنت سأقف في وجه المدير وأخبره بذلك".

« Je dirais exactement ce que je pense de lui et de son travail. »

"سأقول بالضبط ما أفكر فيه بشأنه وبشأن الوظيفة".

« Il tomberait de son bureau si je lui racontais tout ! »

"سيسقط من على مكتبه لو أخبرته بكل شيء"!

« Sa façon de s'asseoir à son bureau est très étrange. »

"من الغريب جداً الطريقة التي يجلس بها على مكتبه".

« Sa façon de parler à ses subordonnés n'est pas correcte. »

"طريقة حديثه مع مرؤوسيه ليست صحيحة".

« Et le pire, c'est que son ouïe est très mauvaise. »

"والأسوأ من ذلك كله أن سمعه ضعيف للغاية".

«Vous n'avez donc pas d'autre choix que de vous asseoir très près de lui.»

"لذا ليس أمامك خيار سوى الجلوس بالقرب منه جداً".

« Cela dit, l'espoir n'est pas encore totalement perdu. »

"لكن مع كل ذلك، لم يضع الأمل تماماً بعد".

« Je vais économiser cet argent pour rembourser les dettes de mes parents. »

"سأدخر المال لسداد ديون والديّ".

« Je ne peux rien faire tant qu'ils lui doivent de l'argent. »

"لا أستطيع فعل أي شيء طالما أنهم ما زالوا مدينين له بالمال".

« Mais une fois la dette remboursée, je le ferai sans aucun doute. »

"لكن عندما يتم سداد الدين، سأفعل ذلك بالتأكيد".

« Cela prendra probablement encore cinq à six ans. »

"ربما سيستغرق الأمر من خمس إلى ست سنوات أخرى".

« Oui, alors la grande séparation aura certainement lieu. »

"نعم، عندها سيتم الفصل الكبير بالتأكيد".

« Pour le moment, je dois me lever. »

"لكن في الوقت الحالي، يجب أن أنهض من السرير".

« Parce que mon train part à cinq heures. »

"لأن قطاري سيغادر في الساعة الخامسة".

Gregor regarda le réveil qui tic-tac sur la table.

نظر غريغور إلى ساعة المنبه التي تدق على الطاولة.

« Père céleste ! » pensa-t-il en regardant l'heure.

"يا إلهي!" فكر وهو ينظر إلى الساعة.

Six heures et demie étaient déjà passées sans qu'on s'en aperçoive.

كانت الساعة السادسة والنصف قد مرت بهدوء وغادرت.

Et les aiguilles de l'horloge continuaient d'avancer d'elles-mêmes.

واستمرت عقارب الساعة في التحرك للأمام.

Et il était presque sept heures quarante-cinq.

والآن اقتربت الساعة من السابعة إلا ربعاً.

« Peut-être que le réveil n'a pas sonné ? » pensa-t-il.

"ربما لم يرن المنبه لإيقاظي؟" فكر.

Depuis son lit, Gregor inspecta le réveil.

قام غريغور بتفقد ساعة المنبه من سريره.

Le réveil était correctement réglé sur quatre heures.

تم ضبط المنبه بشكل صحيح على الساعة الرابعة.

Il ne pouvait pas l'expliquer, mais l'alarme avait dû sonner.

لم يستطع تفسير ذلك، لكن لا بد أن جرس الإنذار قد دق.

« Comment ai-je pu dormir sans m'en rendre compte après avoir entendu le réveil ? »

"كيف نمتُ دون أن أشعر بصوت المنبه؟"

Quand elle sonne, l'alarme fait même trembler les meubles.

عندما يرن جرس الإنذار، يهز الأثاث أيضاً.

Il savait que son sommeil n'avait pas été du tout paisible.

كان يعلم أن نومه لم يكن هادئاً على الإطلاق.

Mais c'est peut-être pour cela que son sommeil était beaucoup plus profond.

لكن ربما كان هذا هو السبب في أن نومه كان أعمق بكثير.

Il devait réfléchir à ce qu'il devait faire maintenant.

كان عليه أن يفكر فيما يجب عليه فعله الآن.

Le train suivant ne partait qu'à sept heures.

لم يغادر القطار التالي حتى الساعة السابعة.

Prendre ce train serait quasiment impossible.

سيكون اللحاق بذلك القطار شبه مستحيل.

Et il n'avait pas encore emporté les textiles dont il avait besoin.

ولم يكن قد حزم بعد الأقمشة التي يحتاجها.

Il ne se sentait pas particulièrement frais et agile non plus.

لم يكن يشعر بالانتعاش والنشاط بشكل خاص أيضاً.

Il y avait peut-être une chance de monter dans le train.

ربما كانت هناك فرصة للصعود إلى القطار.

Mais une réprimande du patron était inévitable de toute façon.

لكن التوبيخ من المدير كان أمراً لا مفر منه في كلتا الحالتين.

Le commis aurait pris le train de cinq heures.

كان الموظف سيستقل قطار الساعة الخامسة.

Le commis de bureau était une créature sans envergure, à la solde du patron.

كان موظف المكتب مخلوقاً ضعيف الشخصية تابعاً لرئيسه.

L'absence de Gregor aurait donc déjà été signalée.

لذا، كان من المفترض أن يتم الإبلاغ عن غياب غريغور بالفعل.

« Et si je me faisais porter malade ? » se demandait Gregor.

"ماذا لو اتصلت لأخبرهم أنني مريض؟" كان غريغور يفكر.

Mais ce serait extrêmement embarrassant et suspect.

لكن ذلك سيكون محرجاً للغاية ومثيراً للريبة.

Gregor n'avait jamais été malade pendant la période où il avait travaillé là-bas.

لم يمرض غريغور قط خلال فترة عمله هناك.

Et il leur avait déjà consacré cinq années de service.

وكان قد منحهم بالفعل خمس سنوات من الخدمة.

Il y avait de fortes chances que le patron vienne prendre de ses nouvelles.

كان من المرجح أن يأتي المدير للاطمئنان عليه.

Il amènerait probablement le médecin de l'assurance maladie.

من المحتمل أنه سيحضر طبيب التأمين الصحي.

Et il blâmait les parents pour la paresse de leur fils.

وكان سيلقي باللوم على الوالدين بسبب كسل ابنهما.

Ils ne pourraient formuler aucune objection à son égard.

لن يكون بمقدورهم الاعتراض عليه.

Car pour lui, il n'y avait que deux sortes de travailleurs.

لأنه بالنسبة له لم يكن هناك سوى نوعين من العمال.

Soit les ouvriers étaient en parfaite santé, soit ils rechignaient à travailler.

إما أن العمال كانوا يتمتعون بصحة جيدة تماماً، أو أنهم كانوا يتهربون من العمل.

Et aurait-il même tort dans cette analyse de base ?

وهل سيكون مخطئاً حتى في هذا التحليل الأساسي؟

Assurément, dans ce cas précis, son argument était solide.

بالتأكيد، في هذه الحالة، كان لديه حجة قوية.

Malgré son apparence, Gregor se sentait en réalité plutôt bien.

على الرغم من مظهره، كان غريغور يشعر في الواقع بحالة جيدة جداً.

Ce long sommeil inutile l'avait rendu un peu somnolent.

تسبب له النوم الطويل غير الضروري في الشعور بالنعاس قليلاً.

Mais à part ça, il ne pouvait pas se plaindre de maladie.

لكن بصرف النظر عن ذلك، لم يكن بإمكانه الشكوى من المرض.

Il ressentait même une faim particulièrement forte et saine.

بل إنه شعر بجوع شديد وصحي بشكل خاص.

Tandis qu'il nourrissait ces pensées, l'horloge sonna de nouveau.

وبينما كان يفكر في هذه الأفكار، دقّت الساعة مرة أخرى.

Selon l'alarme, il était alors sept heures moins le quart.

وبحسب جهاز الإنذار، فقد كانت الساعة الآن السابعة إلا ربعاً.

Et maintenant, on frappa doucement à la porte.

ثم سُمعت طرقة خفيفة على الباب.

« Gregor », l'appela quelqu'un – c'était sa mère.

"غريغور"، ناداه أحدهم - كانت الأم.

« Il est sept heures moins le quart », a-t-elle confirmé en entendant l'alarme.

"إنها الساعة السابعة إلا ربعاً"، أكدت صوت الإنذار.

« Tu ne voulais pas partir ? » demanda la douce voix.

"ألم ترغب في المغادرة؟" سأل الصوت الرقيق.

Gregor eut peur en entendant sa voix répondre.

شعر غريغور بالخوف عندما سمع صوته يجيبه.

Sa voix était toujours la même.

كان الصوت لا يزال هو الصوت الذي كان يمتلكه دائماً.

Mais une nouvelle sonorité s'était désormais mêlée à sa voix.

لكن كان هناك الآن صوت جديد ممزوج بصوته.

Un couinement douloureux s'échappa également du plus profond de lui.

وخرجت من أعماقه صرخة مؤلمة أيضاً.

Au début, sa voix semblait former des mots avec clarté.

في البداية، بدا صوته وكأنه يشكل الكلمات بوضوح.

Mais alors, Gregor entendit l'écho mental de sa voix.

لكن بعد ذلك سمع غريغور صدى صوته في ذهنه.

L'enregistrement de sa voix s'est interrompu de façon étrange.

انقطع تسجيل صوته بطريقة غريبة.

Et il n'était pas sûr d'avoir bien entendu.

ولم يكن متأكداً مما إذا كان قد سمع الأمور بشكل صحيح.

Gregor éprouvait un profond désir de donner une réponse détaillée.

شعر غريغور برغبة شديدة في تقديم إجابة مفصلة.

Il voulait tout expliquer clairement à sa mère.

أراد أن يشرح كل شيء بوضوح لأمه.

Mais, compte tenu des circonstances, il devait se limiter.

لكن، بالنظر إلى الظروف، كان عليه أن يحد من نفسه.

Et sa réponse fut beaucoup plus brève qu'il ne l'aurait souhaité.

وأجاب بإجابات أقصر بكثير مما كان يرغب.

"Oui maman, ne t'inquiète pas, merci, je suis déjà levée."

"نعم يا أمي، لا تقلقي، شكراً لكِ، لقد استيقظت بالفعل".

La porte en bois a probablement contribué à étouffer sa voix.

ربما ساعد الباب الخشبي في كتم صوته.

À l'extérieur, le changement dans la voix de Gregor est resté inaperçu.

أما التغيير في صوت غريغور فلم يلاحظه أحد.

La mère semblait satisfaite de son explication.

بدت الأم راضية عن تفسيره.

Et elle repartit aussi discrètement qu'elle était venue.

وغادرت مرة أخرى بنفس الهدوء الذي أتت به.

Mais cette petite conversation a eu un effet indésirable.

لكنّ هذا الحديث القصير كان له أثر غير مرغوب فيه.

Il a attiré l'attention des autres membres de la famille.

لفت انتباه باقي أفراد العائلة.

Gregor était toujours chez lui et n'était pas allé travailler.

كان غريغور لا يزال في المنزل ولم يذهب إلى العمل.

Et maintenant, le père frappa lui aussi à la porte de côté.

ثم طرق الأب الباب الجانبي أيضاً.

Il frappa faiblement, mais avec détermination, du poing.

طرق بقبضته بضعف، لكن بعزم.

« Gregor, Gregor », appela-t-il, « quel est le problème ? »

"غريغور، غريغور"، نادى قائلاً: "ما المشكلة؟"

Au bout d'un moment, il avertit de nouveau d'une voix plus grave.

وبعد فترة وجيزة، حذر مرة أخرى بصوت أعمق.

Mais la sœur frappa alors à la porte de l'autre côté.

لكن الأخت طرقت الباب من الجهة الأخرى.

« Gregor ? Tu ne te sens pas bien ? » demanda-t-elle doucement.

سألته بهدوء: "غريغور؟ هل أنت لست بخير؟"

« Avez-vous besoin de quelque chose ? » demanda-t-elle, inquiète.

سألته بقلق: "هل تحتاجين إلى أي شيء؟"

Gregor a répondu aux deux parties : « J'ai déjà terminé. »

أجاب غريغور كلا الجانبين: "لقد انتهيت بالفعل."

Il avait fait de son mieux pour prononcer tous les mots avec soin.

لقد بذل قصارى جهده لنطق جميع الكلمات بعناية.

Et il a gommé tout ce qui était ostentatoire dans sa voix.

وأزال كل ما هو واضح في صوته.

Le père semblait également satisfait de la réponse.

وبدا الأب راضياً أيضاً عن الإجابة.

Et il retourna à son petit-déjeuner inachevé.

ثم عاد إلى فطوره غير المكتمل.

Mais la sœur murmura : « Gregor, ouvre la bouche, je t'en supplie. »

لكن الأخت همست قائلة: "غريغور، افتح الباب، أتوسل إليك."

Mais son inquiétude à son égard ne parvenait en rien à l'émouvoir.

لكن قلقها عليه لم يستطع أن يحركه بأي شكل من الأشكال.

Gregor n'avait aucune intention de lui ouvrir la porte.

لم يكن لدى غريغور أي نية لفتح الباب لها.

Ses voyages lui avaient permis d'acquérir certaines habitudes de prudence.

لقد اكتسب بعض العادات الحذرة من السفر.

Et il se félicita d'avoir verrouillé les portes.

وأثنى على نفسه لأنه أغلق الأبواب.

Il voulait d'abord se lever tranquillement, à son propre rythme.

أراد أولاً أن ينهض بهدوء وفي الوقت الذي يناسبه.

Et, sans être dérangé, il voulut s'habiller.

ودون أن يزعجه أحد، أراد أن يرتدي ملابسه.

Cela étant fait, il voulut ensuite prendre son petit-déjeuner.

وبعد تحقيق ذلك، أراد تناول وجبة الإفطار.

Ce n'est qu'alors qu'il a souhaité examiner la situation plus en détail.

عندها فقط أراد أن يفكر في الأمر أكثر.

Il savait qu'il était inutile de faire des projets au lit.

كان يعلم أنه لا فائدة من وضع الخطط في السرير.

Il serait impossible de parvenir à une conclusion sensée.

سيكون التوصل إلى استنتاج معقول أمراً مستحيلاً.

Il lui était déjà arrivé de se réveiller avec de légères douleurs.

كانت هناك أوقات أخرى استيقظ فيها وهو يعاني من آلام طفيفة.

Ces douleurs se sont toujours révélées être de pures inventions de l'imagination.

تبين أن هذه الآلام كانت دائماً مجرد خيال.

En me levant du lit, la douleur disparaissait invariablement.

عند النهوض من السرير، كان الألم يختفي حتماً.

Il était curieux de voir ce qu'il adviendrait de ces idées.

كان متشوقاً لمعرفة ما سيحدث لهذه الأفكار.

Le changement de sa voix était probablement dû à un rhume.

ربما كان تغير صوته ناتجاً عن نزلة برد.

Le rhume est un risque professionnel courant pour les voyageurs.

نزلات البرد مجرد خطر مهني يواجهه المسافرون.

Il ne doutait pas que c'était l'explication logique.

لم يكن لديه أدنى شك في أن ذلك هو التفسير المنطقي.

Il s'est facilement dégagé de la couverture.

كان نزع الغطاء عنه أمراً سهلاً.

Il lui suffisait d'inspirer et de se gonfler.

كل ما كان عليه فعله هو أن يتنفس وينفخ نفسه.

La couverture glissa de son corps et tomba sur le sol.

انزلقت البطانية عن جسده، وسقطت على الأرض.

Son corps incroyablement large rendait d'autres choses difficiles.

جسده العريض بشكل لا يصدق جعل الأمور الأخرى صعبة.

Il aurait eu besoin de bras et de mains pour se tenir debout.

كان سيحتاج إلى ذراعين ويدين ليقف.

Mais il n'avait plus les membres qu'il avait autrefois.

لكن لم تعد لديه الأطراف التي كان يمتلكها سابقاً.

Au lieu de bras et de mains, il avait plein de petites jambes.

بدلاً من الأذرع والأيدي، كان لديه الكثير من الأرجل الصغيرة.

Et ses jambes bougeaient sans cesse, sans qu'il puisse les contrôler.

وكانت ساقاه تتحركان باستمرار، دون سيطرته.

Il a essayé de plier une jambe, mais au lieu de cela, elle s'est étirée.

حاول ثني إحدى ساقيه، لكنها امتدت بدلاً من ذلك.

Il parvint finalement à contrôler une jambe.

وأخيراً تمكن من السيطرة على إحدى ساقيه.

Mais ensuite, le mouvement des autres pattes a été libéré.

لكن بعد ذلك تم تحرير حركة الأرجل الأخرى.

Et toutes ses jambes frémissaient d'excitation extrême.

وارتجفت جميع ساقيه من شدة الإثارة.

Il a d'abord voulu sortir le bas de son corps du lit.

أراد أولاً إخراج الجزء السفلي من جسده من السرير.

Mais il n'avait pas encore vu le bas de son corps.

لكنه لم يرَ الجزء السفلي من جسده بعد.

Et de toute façon, déplacer cette pièce s'est avéré trop difficile.

وقد ثبت أنه من الصعب للغاية تحريك هذا الجزء على أي حال.

Finalement, de toutes ses forces, il fit un geste audacieux.

وأخيراً، وبكل قوته، قام بحركة واحدة متهورة.

Sans plus hésiter, il s'avança.

ودون مزيد من التردد، تقدم إلى الأمام.

Mais il avait choisi la mauvaise direction.

لكنه اختار الاتجاه الخاطئ للتحرك إليه.

Il s'est violemment cogné le corps contre le montant inférieur du lit.

ضرب جسده بعنف على العمود السفلي للسرير.

La douleur brûlante qu'il ressentait lui a appris une précieuse leçon.

لقد علّمه الألم الحارق الذي شعر به درساً قيماً.

La partie inférieure de son corps était peut-être plus sensible.

ربما كان الجزء السفلي من جسده أكثر حساسية.

Il a donc commencé par sortir le haut de son corps du lit.

لذا حاول إخراج الجزء العلوي من جسده من السرير أولاً.

Il tourna prudemment la tête dans la bonne direction.

أدار رأسه بحرص في الاتجاه الصحيح.

Et bientôt, sa tête se retrouva face au bord du lit.

وسرعان ما أصبح رأسه متجهاً نحو حافة السرير.

Ce mouvement prudent lui était en réalité facile.

كانت هذه الحركة الحذرة سهلة بالنسبة له في الواقع.

Et sa largeur et son poids ne l'empêchaient pas de se déplacer.

ولم يمنعه عرضه ووزنه من الحركة.

La masse de son corps suivit lentement le mouvement de sa tête.

تبعت كتلة جسده ببطء حركة رأسه.

Mais ensuite, il a passé la tête au-dessus du bord du lit.

لكن بعد ذلك رفع رأسه فوق حافة السرير.

Et il dut faire face à une nouvelle peur à laquelle il n'avait pas encore pensé.

وواجه خوفاً جديداً لم يكن قد فكر فيه من قبل.

Poursuivre dans cette voie pourrait s'avérer dangereux.

إن المضي قدماً في هذا الاتجاه قد يكون خطيراً.

Il pensait qu'il allait simplement se laisser tomber.

كان يعتقد أنه سيترك نفسه يسقط فحسب.

Mais ce serait un miracle s'il ne s'était pas blessé à la tête.

لكن ستكون معجزة لو لم يُصب رأسه.

Ce n'était pas le moment de risquer de perdre connaissance.

لم يكن هذا هو الوقت المناسب للمخاطرة بفقدان الوعي.

Finalement, il vaudrait peut-être mieux rester au lit.

ربما يكون من الأفضل البقاء في السرير في نهاية المطاف.

Mais il devait ensuite faire le même effort pour revenir.

لكن كان عليه بعد ذلك أن يبذل نفس الجهد للعودة.

Après tous ces efforts, il était allongé là, exactement comme avant.

بعد كل هذا الجهد، كان مستلقياً هناك كما كان من قبل.

Et maintenant, ses jambes semblaient encore plus en colère qu'elles ne l'avaient été.

والآن بدت ساقاه أكثر غضباً مما كانتا عليه من قبل.

Les mouvements de sa jambe étaient devenus encore plus incontrôlables.

أصبحت حركات ساقه أكثر صعوبة في السيطرة عليها.

Il ne voyait aucun moyen de sortir de la situation dans laquelle il se trouvait.

لم يرَ أي سبيل للخروج من الموقف الذي كان فيه.

Il était impossible de faire émerger la paix et l'ordre de ce chaos.

لم يكن من الممكن إحلال السلام والنظام في ظل هذه الفوضى.

Mais il savait que rester au lit n'était pas une option non plus.

لكنه كان يعلم أن البقاء في السرير لم يكن خياراً أيضاً.

Tout sacrifier était l'option la plus sensée.

كان التضحية بكل شيء الخيار الأكثر منطقية.

Il s'accrochait au moindre espoir de pouvoir se lever.

تشبث بأدنى أمل في النهوض من السرير.

S'il y parvenait, tous les risques en auraient valu la peine.

لو نجح في ذلك، لكانت كل المخاطرة تستحق العناء.

Mais il se souvenait aussi d'autre chose en même temps.

لكنه تذكر شيئًا آخر في الوقت نفسه.

« Mieux vaut réfléchir sereinement que de prendre des décisions désespérées. »

"التأمل الهادئ أفضل من القرارات المتسرعة".

Il concentra tous ses efforts sur la fenêtre.

وبكل جهده ركز عينيه على النافذة.

Mais ce qu'il vit ne lui insuffla guère de confiance ni de joie.

لكن ما رآه لم يجلب له سوى القليل من الثقة والبهجة.

La brume matinale enveloppait toute la rue étroite.

غطى ضباب الصباح الشارع الضيق بأكمله.

Le réveil sonna à nouveau ; il était maintenant sept heures.

رنّ المنبه مرة أخرى؛ الآن الساعة السابعة.

« Il est déjà sept heures et il y a encore un épais brouillard. »

"الساعة الآن السابعة وما زال الضباب كثيفاً".

Il resta un moment allongé, immobile, respirant faiblement.

استلقى بهدوء لبعض الوقت، وكان يتنفس بصعوبة.

Un peu de calme permettrait peut-être de retrouver une certaine normalité.

ربما يؤدي بعض الهدوء إلى عودة الأمور إلى طبيعتها.

Un silence complet pourrait engendrer les conditions réelles.

قد يؤدي الصمت التام إلى الظروف الحقيقية.

Mais avant que l'horloge ne sonne à nouveau, il rompit le silence.

لكن قبل أن تدق الساعة مرة أخرى، كسر الصمت.

«Avant que l'horloge ne sonne à nouveau, je dois être levé.»

"قبل أن تدق الساعة مرة أخرى، يجب أن أكون خارج الفراش".

« Je dois absolument être complètement levé à ce moment-là. »

"يجب أن أكون قد نهضت من السرير تماماً بحلول ذلك الوقت".

« Après 19h15, le bureau enverra quelqu'un. »

"بعد الساعة السابعة والربع سيرسل المكتب شخصاً ما".

"Parce que le bureau ouvrait avant sept heures."

"لأن المكتب فتح أبوابه قبل الساعة السابعة".

Et il commença alors à se balancer hors du lit.

ثم بدأ يهز جسده خارج السرير.

Il avait cessé de se concentrer sur le haut ou le bas de son corps.

لقد تخلى عن التركيز على الجزء العلوي أو السفلي من جسده.

Il fallut sortir tout son corps du lit.

كان عليه أن ينهض من السرير بكامل طول جسده.

Tomber de cette façon devrait protéger sa tête, pensa-t-il.

فكر قائلاً إن السقوط بهذه الطريقة سيحمي رأسه.

Il avait prévu de relever la tête lorsqu'il toucherait le sol.

كان قد خطط لرفع رأسه عندما يصطدم بالأرض.

Son dos semblait suffisamment robuste pour encaisser le choc.

بدا الجزء الخلفي من جسده صلباً بما يكفي لتحمل الصدمة.

Et le tapis était là pour amortir l'atterrissage.

وكانت السجادة موجودة لتخفيف الصدمة عند الهبوط.

Ce qui le préoccupait le plus, cependant, c'était le bruit assourdissant.

لكن أكبر مخاوفه كانت الضوضاء العالية.

Le bruit fracassant effrayerait tous les occupants de la maison.

كان صوت التحطم سيخيف كل من في المنزل.

Peut-être que le bruit fort ne les terrifierait pas.

ربما لن يشعروا بالرعب من الضوضاء العالية.

Mais ils seraient certainement inquiets s'ils l'apprenaient.

لكن من المؤكد أنهم سيشعرون بالقلق إذا سمعوا بذلك.

Mais il fallait prendre le risque d'attirer l'attention.

لكن كان لا بد من تحمل مخاطر لفت الانتباه.

La nouvelle méthode s'apparentait davantage à un jeu qu'à un effort.

كانت الطريقة الجديدة أشبه بلعبة منها بجهد.

Il devait balancer son corps par mouvements brusques et saccadés.

كان عليه أن يهز جسده بحركات مفاجئة ومتشنجة.

Gregor était déjà à moitié sorti du lit.

كان غريغور قد نهض من السرير جزئياً.

Une nouvelle idée venait de lui traverser l'esprit.

ثم خطرت له فكرة جديدة.

« Tout serait si facile si quelqu'un venait à mon secours. »

"سيكون كل شيء سهلاً للغاية لو جاء أحدهم لمساعدتي".

« Deux personnes fortes suffiraient amplement. »

"شخصان قويان سيكونان كافيين تماماً".

Son père et la servante seraient assez forts.

سيكون والده والخادمة قويين بما يكفي.

Il leur suffirait de glisser leurs bras sous son dos.

كل ما عليهم فعله هو إدخال أذرعهم تحت ظهره.

Et ensuite, ils pourraient facilement le sortir du lit.

وبعد ذلك، يمكنهم بسهولة إخراجه من السرير.

Peut-être auraient-ils dû réduire son poids progressivement.

ربما كان عليهم أن يخفضوا وزنه تدريجياً.

Alors, espérons-le, les jambes auraient trouvé leur utilité.

نأمل حينها أن تكون الأرجل قد وجدت غايتها.

« Ne serait-il pas préférable, après tout, de demander de l'aide ? »

"ألا يكون من الأفضل في نهاية المطاف طلب المساعدة؟"

Le problème, bien sûr, c'est qu'il avait verrouillé les portes.

المشكلة بالطبع كانت أنه أغلق الأبواب.

Il y avait quelque chose dans cette idée qui le chatouillait.

كان هناك شيء ما في تلك الفكرة يثير فضوله.

Et malgré ses difficultés, il ne put réprimer un sourire.

وعلى الرغم من معاناته، لم يستطع كبح ابتسامته.

Il était déjà sur le point de perdre l'équilibre.

كان على وشك فقدان توازنه بالفعل.

Chaque balancement le rapprochait un peu plus du moment où il basculerait du lit.

كل تأرجحة كانت تقربه أكثر من السقوط من السرير.

Il allait bientôt devoir prendre la décision finale.

وسرعان ما سيضطر إلى اتخاذ القرار النهائي.

Dans cinq minutes, il serait sept heures et quart.

بعد خمس دقائق ستكون الساعة السابعة والربع.

Tandis qu'il était plongé dans ces pensées, la sonnette retentit.

وبينما كان يفكر في هذه الأفكار، رن جرس الباب.

« C'est quelqu'un du bureau », se dit-il.

قال لنفسه: "هذا شخص من المكتب."

Et il fut presque paralysé de peur à cause du visiteur.

وكاد يتجمد من الخوف بسبب الزائر.

Ses jambes s'agitaient encore plus sauvagement qu'auparavant.

كانت ساقاه ترقصان بعنف أكثر مما كانتا عليه من قبل.

Mais ensuite, pendant un instant, tout resta silencieux.

لكن بعد ذلك، وللحظة، ساد الصمت.

« Ils n'ouvriront pas la porte », se dit Gregor.

قال غريغور لنفسه: "لن يفتحوا الباب."

Il était encore prisonnier d'un espoir insensé.

كان لا يزال أسيراً لأملٍ لا معنى له.

Mais ensuite, bien sûr, la bonne s'est dirigée vers la porte.

لكن بالطبع، توجهت الخادمة إلى الباب.

Et, comme toujours, elle ouvrit la porte au visiteur.

وكما هو الحال دائماً، فتحت الباب للزائر.

Gregor n'avait besoin d'entendre que les premiers mots de bienvenue du visiteur.

لم يكن غريغور بحاجة إلا لسماع أول تحية من الزائر.

Il a tout de suite compris qui était venu le chercher.

استطاع أن يعرف على الفور من جاء من أجله.

Le chef de bureau en personne était venu prendre des nouvelles de Samsa.

جاء رئيس الكتبة بنفسه للاطمئنان على سامسا.

Pourquoi Gregor était-il le seul à être condamné à un tel sort ?

لماذا كان غريغور الوحيد الذي حُكم عليه بهذا المصير؟

Pourquoi lui seul a-t-il dû servir dans une telle organisation ?

لماذا كان هو الوحيد الذي اضطر للعمل في مثل هذه المنظمة؟

Le moindre oubli éveillait immédiatement les soupçons.

أدنى إهمال كان يثير الشكوك على الفور.

Tous les employés qui travaillaient là-bas étaient-ils des scélérats ?

هل كان جميع الموظفين الذين عملوا هناك أوغاداً؟

N'y avait-il donc parmi eux aucune personne fidèle et dévouée ?

ألم يكن بينهم شخص مخلص ومتفانٍ؟

N'auraient-ils pas pu simplement envoyer un apprenti ?

ألم يكن بإمكانهم ببساطة إرسال متدرب؟

Toutes ces interrogations étaient-elles vraiment nécessaires ?

هل كان كل هذا الاستجواب ضرورياً على الإطلاق؟

Le représentant autorisé devait-il se déplacer en personne ?

هل كان على الممثل المعتمد أن يحضر بنفسه؟

Fallait-il vraiment informer toute la famille innocente ?

هل كان من الضروري إبلاغ جميع أفراد الأسرة البريئة؟

Toutes ces considérations ont poussé Gregor à agir.

كل هذه الاعتبارات دفعت غريغور إلى التحرك.

Il se hissa hors du lit de toutes ses forces.

نهض من السرير بكل قوته.

Il y a eu une forte détonation, mais ce n'était pas vraiment un bruit.

كان هناك دوي عالٍ، لكنه لم يكن ضجيجاً حقيقياً.

La chute avait été légèrement amortie par le tapis.

خفف السجاد قليلاً من حدة السقوط.

Son dos était plus élastique que Gregor ne l'avait imaginé.

كان ظهره أكثر مرونة مما كان يعتقد غريغور.

Le son était donc plus sourd et moins perceptible.

لذا كان الصوت أكثر خفوتاً، وأقل وضوحاً.

Mais il n'avait pas fait attention à sa tête pendant sa chute.

لكنه لم يعتنِ برأسه أثناء السقوط.

Et lorsqu'il a touché le sol, il s'est aussi cogné la tête.

وعندما ارتطم بالأرض، ارتطم رأسه أيضاً.

Il se frotta la tête sur le tapis, en colère et souffrant.

فرك رأسه على السجادة بغضب وألم.

Mais le gérant, qui se trouvait dans la pièce d'à côté, a entendu le bruit.

لكن المدير الموجود في الغرفة المجاورة سمع الضوضاء.

« Quelque chose est tombé là-dedans », a-t-il observé avec justesse.

"لقد سقط شيء ما هناك"، لاحظ ذلك بشكل صحيح.

Gregor essaya d'imaginer le manager dans sa situation.

حاول غريغور أن يتخيل المدير في موقفه.

« La même chose pourrait-elle lui arriver ? » se demanda-t-il.

وتساءل: "هل يمكن أن يحدث له الشيء نفسه؟"

Il a admis que cet étrange événement pouvait être possible.

لقد تقبّل فكرة أن هذا الحدث الغريب قد يكون ممكناً.

Puis le chef de bureau fit quelques pas vers la pièce.

ثم خطا رئيس الكتبة بضع خطوات نحو الغرفة.

C'était presque une réponse grossière à la question qu'il avait posée.

كانت إجابة فجة تقريباً على السؤال الذي طرحه.

Ses bottes en cuir grinçaient lorsqu'il s'approcha de la porte.

صرّ حذاءه الجلدي وهو يقترب من الباب.

Depuis la pièce située à sa droite, sa servante lui chuchota quelque chose.

همست له خادمته من الغرفة التي على يمينه.

"Gregor, le représentant autorisé est ici."

"غريغور، الممثل المعتمد موجود هنا".

« Je sais », dit Gregor, mais seulement à voix basse pour lui-même.

قال غريغور: "أعلم"، لكنه قال ذلك بهدوء لنفسه فقط.

Il n'osait pas élever la voix au-dessus d'un murmure.

لم يجرؤ على رفع صوته فوق الهمس.

Parce que Gregor ne voulait pas que sa sœur l'entende.

لأن غريغور لم يكن يريد أن تسمعه أخته.

« Gregor », dit le père depuis la pièce de gauche.

قال الأب من الغرفة على اليسار: "غريغور."

«Le responsable est venu vérifier quel est le problème.»

"جاء المدير للتحقق من المشكلة".

« Il vous a demandé pourquoi vous n'aviez pas pris le premier train. »

"سأل لماذا لم تغادر على متن القطار المبكر".

« Nous ne savons pas quoi lui dire », a déclaré le père.

قال الأب: "لا نعرف ماذا نقول له."

« D'ailleurs, il souhaite également vous parler personnellement. »

"بالمناسبة، هو يريد أيضاً التحدث إليك شخصياً".

« Veuillez ouvrir la porte, afin qu'il puisse vous parler. »

"أرجوك افتح الباب حتى يتمكن من التحدث معك".

« Il aura la gentillesse d'excuser le désordre dans la chambre. »

"سيكون لطيفاً بما يكفي ليغفر الفوضى الموجودة في الغرفة".

« Bonjour, Monsieur Samsa », lui lança le directeur.

"صباح الخير يا سيد سامسا"، نادى عليه المدير.

Et il lui a certainement parlé de manière amicale.

وبالتأكيد تحدث معه بطريقة ودية.

« Il ne se sent pas bien », dit la mère au gérant.

قالت الأم للمدير: "إنه ليس بخير".

« Il ne va pas bien du tout, croyez-moi, cher manager. »

"صدقني يا مديرنا العزيز، إنه ليس بخير على الإطلاق".

« Sinon, pourquoi Gregor aurait-il raté le train du matin ? »

"وإلا فلماذا سيفوت غريغور قطار الصباح؟"

«Le garçon ne pense qu'à ses affaires.»

"ليس في ذهن الصبي شيء سوى العمل".

« Cela m'agace presque qu'il ne fasse rien d'autre. »

"يكاد يزعجني أنه لا يفعل شيئاً آخر".

« J'aimerais qu'il sorte le soir pour prendre l'air. »

أتمنى لو كان يخرج في المساء ليستنشق الهواء النقي.

« Il était en ville pendant huit jours pour affaires. »

"لقد كان في المدينة لمدة ثمانية أيام لأغراض تجارية".

« Mais il était chez lui tous les soirs. »

"لكنه كان يبقى في المنزل كل تلك الأمسيات"

«Il s'assoit à notre table et lit le journal.»

"يجلس على طاولتنا ويقرأ الجريدة".

« À d'autres moments, il étudie les horaires des trains. »

"وفي أوقات أخرى، يدرس جداول مواعيد القطارات".

«Il lui arrive de s'occuper en faisant de la menuiserie.»

"أحياناً يشغل نفسه بأعمال النجارة".

« Par exemple, il a sculpté un petit cadre photo en bois. »

"على سبيل المثال، قام بنحت إطار صورة خشبي صغير".

« Pendant deux ou trois soirées, il était occupé avec la scie. »

"على مدى ليلتين أو ثلاث ليالٍ، كان مشغولاً بالمنشار".

«Vous serez étonné(e) de voir à quel point le cadre photo est joli.»

"ستندهش من مدى جمال إطار الصورة".

«Il a accroché le cadre photo dans sa chambre.»

"لقد علّق إطار الصورة في غرفته".

« Quand il ouvrira la porte, vous verrez ses boiseries. »

"عندما يفتح الباب سترى أعماله الخشبية".

« Au fait, je suis ravi que vous soyez ici, Monsieur Prokurist. »

"بالمناسبة، أنا سعيد بوجودك هنا يا سيد بروكوريست".

« Nous n'aurions pas pu, à nous seuls, forcer Gregor à ouvrir la porte. »

"لم نكن لنستطيع بمفردنا أن نجعل غريغور يفتح الباب".

« Il est tellement têtu », a avoué sa mère au vendeur.

"إنه عنيد للغاية"، هكذا اعترفت والدته للموظف.

« Il est certainement malade, même s'il l'a nié auparavant. »

"إنه بالتأكيد ليس على ما يرام، على الرغم من أنه أنكر ذلك من قبل".

« J'arrive tout de suite », dit Gregor lentement et prudemment.

قال غريغور ببطء وحذر: "سأكون هناك حالاً".

Mais il ne fit aucun mouvement vers la porte de la pièce.

لكنه لم يتحرك باتجاه باب الغرفة.

Il ne voulait pas perdre un seul mot de la conversation.

لم يكن يريد أن يفقد كلمة واحدة من المحادثة.

Le chef de bureau a approuvé l'évaluation de la mère.

وافق رئيس الموظفين على تقييم الأم.

« Je ne peux pas l'expliquer autrement non plus, madame. »

"لا أستطيع تفسير ذلك بأي طريقة أخرى أيضاً يا سيدتي".

« Espérons tous qu'il ne souffre d'aucune maladie grave », a-t-il déclaré.

وقال: "دعونا جميعاً نأمل ألا يكون مصاباً بمرض خطير."

« D'un autre côté, c'est un risque pour notre secteur. »

"من ناحية أخرى، إنه يشكل خطراً في صناعتنا".

« Nous, les hommes d'affaires, devons souvent surmonter un certain malaise. »

"غالباً ما يتعين علينا نحن رجال الأعمال التغلب على الشعور بعدم الارتياح".

« Les professionnels doivent simplement faire abstraction des petites douleurs. »

"على المحترفين فقط أن يتحملوا الآلام الطفيفة".

Pendant ce temps, son père frappa de nouveau à l'autre porte.

وفي هذه الأثناء، طرق والده الباب الآخر مرة أخرى.

« Le chef de bureau peut-il entrer maintenant ? » demanda-t-il.

"هل يمكن لرئيس الموظفين الدخول الآن؟" أراد أن يعرف.

« Non, il ne peut pas », répondit Gregor à la question de son père.

أجاب غريغور على سؤال والده قائلاً: "لا، لا يستطيع."

Un silence gênant s'installa dans la pièce de gauche.

ساد صمتٌ مُحرج في الغرفة على اليسار.

Dans la pièce de droite, la sœur se mit à sangloter.

في الغرفة على اليمين، بدأت الأخت بالبكاء.

Pourquoi la sœur n'était-elle pas partie rejoindre les autres ?

لماذا لم تذهب الأخت لتكون مع الآخرين؟

Elle venait probablement de se lever, pensa-t-il.

ربما كانت قد نهضت للتو من السرير، هكذا فكر.

Elle n'a peut-être même pas encore commencé à s'habiller.

ربما لم تبدأ حتى في ارتداء ملابسها بعد.

Mais Gregor ne comprenait pas pourquoi elle pleurait.

لكن غريغور لم يستطع أن يفهم سبب بكائها.

Était-ce parce qu'il ne s'était pas levé pour laisser entrer le directeur ?

هل كان ذلك لأنه لم ينهض ويسمح للمدير بالدخول؟

Était-ce parce qu'il risquait de perdre son emploi ?

هل كان ذلك لأنه كان معرضاً لخطر فقدان وظيفته؟

Le patron pourrait-il s'en prendre aux parents comme avant ?

هل سيلاحق المدير الوالدين كما فعل سابقاً؟

Allait-il leur formuler à nouveau les mêmes exigences qu'auparavant ?

هل كان سيُعيد طرح مطالبه القديمة عليهم؟

Il n'y avait probablement pas lieu de s'inquiéter de ces choses-là.

ربما لم يكن هناك داعٍ للقلق بشأن هذه الأمور.

Pour le moment, elle n'avait aucune raison de pleurer.

في الوقت الراهن، لم يكن لديها سبب للبكاء.

Gregor était toujours là, subvenant aux besoins de sa famille.

كان غريغور لا يزال هنا، يعيل الأسرة.

Et il n'a jamais eu l'intention de quitter sa famille.

ولم تكن لديه أي نية لترك العائلة.

Pour le moment, il restait simplement allongé là, sur le tapis.

في الوقت الحالي، كان مستلقياً هناك على السجادة.

La famille ignorait son état.

لم تكن العائلة على علم بحالته الصحية.

S'ils avaient su, ils n'auraient pas encouragé son patron.

لو كانوا يعلمون لما شجعوا رئيسه.

Ils n'auraient même pas laissé entrer le gérant.

لم يكونوا ليسمحوا حتى للمدير بالدخول إلى المنزل.

Le refouler n'aurait pas été particulièrement impoli.

لم يكن طرده تصرفاً وقحاً بشكل خاص.

Il aurait facilement pu trouver une excuse convenable plus tard.

كان بإمكانه بسهولة إيجاد عذر مناسب لاحقاً.

Ce n'était pas un motif de licenciement.

لم يكن ذلك شيئاً يمكنَ أن يؤدي إلى فصله.

Gregor pensait qu'il serait plus judicieux de le laisser tranquille désormais.

شعر غريغور أن تركه وشأنه سيكون أكثر منطقية الآن.

Le déranger en pleurant et en parlant n'a pas beaucoup aidé.

لم يُجدِ إزعاجه بالبكاء والكلام نفعاً يُذكر.

Mais c'était l'incertitude qui inquiétait les autres.

لكن حالة عدم اليقين هي التي أزعجت الآخرين.

Et c'est cette incertitude qui a excusé leur comportement.

وكان هذا الغموض هو الذي برر سلوكهم.

« Monsieur Samsa », appela le directeur d'une voix forte.

"السيد سامسا"، نادى المدير بصوت عالٍ.

« Qu'est-ce qui se passe avec toi ? » a-t-il voulu savoir.

"ما الذي يجري معك؟" أراد أن يعرف.

« Tu t'es barricadé dans ta chambre. »

"لقد تحصّنت في غرفتك".

«Vous ne pouvez répondre que par «oui» ou «non».»

"لا تجيب إلا بـ 'نعم' أو 'لا'".

«Vous causez de sérieux soucis à vos parents.»

"أنت تسبب قلقاً بالغاً لوالديك".

« Je ne vois pas de bonne raison de les inquiéter. »

"لا أرى سبباً وجيهاً يدعو للقلق".

« Il y a une autre chose que je mentionnerai en passant. »

"هناك أمر آخر سأذكره عرضاً".

«Vous négligez également vos obligations professionnelles envers nous.»

"أنت أيضاً تهمل واجباتك التجارية تجاهنا".

« Une telle irresponsabilité ne vous ressemble pas du tout. »

"إن هذا النوع من عدم المسؤولية لا يتناسب إطلاقاً مع شخصيتك".

« Je parle ici au nom de vos parents et de votre patron. »

"أتحدث هنا نيابة عن والديكم ومديركم".

« Et je vous demande une explication immédiate et claire. »

"وأطلب منكم تفسيراً فورياً وواضحاً".

« Je dois dire que tout cela m'étonne vraiment. »

"هذا الأمر برمته يثير دهشتي حقاً، لا بد لي من القول".

« Je pensais vous connaître comme une personne calme et raisonnable. »

"كنت أظن أنني أعرفك كشخص هادئ وعقلاني".

« Mais maintenant, tu nous montres une autre facette de toi. »

"لكنك الآن تُظهر لنا جانبًا مختلفًا من شخصيتك".

«Vous faites soudain preuve de vos caprices très particuliers.»

"فجأةً بدأت تظهر نزواتك الغريبة للغاية".

« Mais il pourrait y avoir une explication à votre échec. »

"لكن قد يكون هناك تفسير لفشلك".

« Le patron a mentionné une dette que vous aviez recouvrée pour nous. »

"ذكر المدير ديناً قمت بتحصيله لنا".

« J'ai donné ma parole d'honneur au patron en votre nom. »

"لقد أعطيت رئيسي كلمتي الشرفية نيابة عنك".

« Mais maintenant je vois votre obstination incompréhensible. »

"لكنني الآن أرى عنادك الذي لا يُفهم".

« Je pourrais encore perdre toute envie de vous aider. »

"قد أفقد كل رغبتي في مساعدتك على الإطلاق".

«Votre sécurité d'emploi n'est en aucun cas totalement stable.»

"أمانك الوظيفي ليس مستقراً تماماً بأي حال من الأحوال".

« À l'origine, je comptais vous dire tout cela en privé. »

"كنت أنوي في الأصل إخباركم بكل هذا على انفراد".

« Mais maintenant je vois que vous voulez que je perde mon temps ici. »

"لكنني أرى الآن أنك تريدني أن أضيع وقتي هنا".

«Je ne vois donc aucune raison pour que vos parents ne le sachent pas.»

"لذا لا أرى أي سبب يمنع والديك من معرفة ذلك".

«Vos récentes performances n'ont pas été satisfaisantes.»

"أداؤك الأخير لم يكن مرضياً".

« Je reconnais que les ventes sont plus lentes à cette période de l'année. »

أقر بأن المبيعات تكون أبطأ في هذا الوقت من العام.

« Mais il n'y a pas de période de l'année où il n'y a pas de ventes. »

"لكن لا يوجد وقت من السنة لا توجد فيه مبيعات".

Pendant un instant, Gregor oublia tout ce qui l'entourait.

للحظة، نسي غريغور كل شيء من حوله.

« Mais Monsieur Prokurist ! » s'écria Gregor, désespéré.

"لكن يا سيد بروكوريست!" صرخ غريغور بيأس.

« J'ouvre la porte tout de suite, maintenant, ne vous inquiétez pas. »

"سأفتح الباب فوراً، الآن، لا تقلق".

«Le problème, c'est que je ne me sens pas très bien.»

"المشكلة هي أنني أشعر بتوعك شديد".

« Mes vertiges m'ont empêché d'atteindre la porte. »

"الدوار منعني من الوصول إلى الباب".

« Je suis encore au lit, mais je me sens beaucoup mieux. »

"ما زلتُ طريح الفراش، لكنني أشعر بتحسن كبير".

«Un instant, s'il vous plaît, je viens de me lever.»

"لحظة من فضلك، أنا على وشك النهوض من السرير".

« Un instant de patience, c'est tout ce que je vous demande, Monsieur Prokurist. »

"كل ما أطلبه منك يا سيد بروكوريست هو لحظة من الصبر".

« Ça ne se passe pas aussi bien que je le pensais, mais ça ira. »

"الأمور لا تسير على ما يرام كما كنت أعتقد، لكنني سأكون بخير".

« Comment une telle chose peut-elle arriver à une personne aussi rapidement ? »

"كيف يمكن أن يحدث شيء كهذا لشخص بهذه السرعة؟"

« Je me sentais bien hier soir, mes parents le savent. »

"كنت أشعر أنني بخير الليلة الماضية، والداي يعرفان ذلك".

« Mais peut-être avais-je déjà un petit pressentiment à ce moment-là. »

"لكن ربما كان لديّ حدسّ ما حينها".

«Vous pourriez vous demander pourquoi je ne l'ai pas signalé au bureau.»

"قد تسأل لماذا لم أبلغ عن ذلك في المكتب".

« Je pensais que je me sentirais beaucoup mieux demain matin. »

"كنت أعتقد أنني سأشعر بتحسن كبير في الصباح".

« On pense toujours qu'ils auront vaincu la maladie d'ici là. »

"يعتقد المرء دائماً أنهم سيتغلبون على المرض بحلول ذلك الوقت".

« Mais je vous en prie ! Épargnez mes parents de ces accusations ! »

"لكن أرجوكم! ارحموا والديّ من هذه الاتهامات"!

« On ne m'a pas dit un mot de ce que vous m'avez dit. »

"لم يُخبرني أحد بكلمة واحدة عما أخبرتني به".

« Il se peut que vous n'ayez pas lu les dernières commandes que j'ai envoyées. »

"ربما لم تقرأ الأوامر الأخيرة التي أرسلتها".

« Au fait, vous n'avez pas à vous inquiéter pour moi aujourd'hui. »

"على فكرة، لا داعي للقلق عليّ اليوم".

«Je vais quand même prendre le train de huit heures.»

"سأستقل قطار الساعة الثامنة على أي حال".

« Ces quelques heures de repos m'ont suffisamment revigoré. »

"لقد منحتني ساعات الراحة القليلة ما يكفي من القوة".

« Vous n'avez vraiment pas besoin d'attendre, manager. »

"لا داعي للانتظار يا مدير".

« Moi aussi, je serai bientôt au bureau. »

"سأكون أنا أيضاً في المكتب قريباً جداً".

« Et s'il vous plaît, ayez la gentillesse de dire un mot en ma faveur. »

"وأرجو منكم التكرم بالتوصية بي".

Gregor avait donné son explication assez précipitamment.

أدلى غريغور بتفسيره على عجل شديد.

Il ne savait pas vraiment ce qu'il essayait de dire.

لم يكن يعرف ما الذي كان يحاول قوله حقاً.

Il s'est approché de la boîte et a essayé de s'en servir pour se lever.

ذهب إلى الصندوق، وحاول استخدامه للوقوف.

Il avait vraiment l'intention d'ouvrir la porte.

كان ينوي حقاً فتح الباب.

Il souhaitait être reçu par le représentant autorisé.

أراد أن يُقابل الممثل المُعتمد.

Et il voulait régler le problème avec lui personnellement.

وأراد أن يحل المشكلة معه شخصياً.

Il était impatient de savoir comment les autres réagiraient à son égard.

كان متشوقاً لمعرفة كيف سيكون رد فعل الآخرين تجاهه.

Ils doivent maintenant être impatients de savoir comment il va.

لا بد أنهم الآن متشوقون أيضاً لمعرفة حاله.

Il y avait deux façons possibles dont ils pouvaient réagir face à lui.

كان هناك احتمالان لرد فعلهم تجاهه.

Une possibilité était qu'ils aient peur.

كان أحد الاحتمالات هو أنهم سيشعرون بالخوف.

S'ils avaient peur, alors il n'en était pas responsable.

إذا كانوا خائفين، فهو غير مسؤول.

Et alors, il n'aurait plus à s'inquiéter de la situation.

وحينها لن يضطر للقلق بشأن الوضع.

Mais il y avait aussi une autre possibilité à envisager.

لكن كان هناك احتمال آخر يجب التفكير فيه.

Peut-être accepteraient-ils sereinement sa personnalité.

ربما سيتقبلون بهدوء الطريقة التي كان عليها.

Gregor n'aurait alors aucune raison de se fâcher non plus.

عندها لن يكون لدى غريغور أي سبب للانزعاج أيضاً.

Il y aurait encore assez de temps pour prendre le train.

سيكون هناك متسع من الوقت للحاق بالقطار.

Cependant, se tenir debout n'était pas une tâche facile.

لكن الوقوف منتصباً لم يكن مهمة سهلة بأي حال من الأحوال.

Lors de ses premières tentatives, il a glissé hors de la boîte.

في محاولاته الأولى، انزلق من على الصندوق.

La boîte était trop lisse pour qu'il puisse s'y appuyer.

كان الصندوق أملس للغاية بحيث لم يستطع الوقوف في وجهه.

Et finalement, il se donna un dernier effort pour se relever.

وأخيراً، بذل جهداً أخيراً ليقف.

Il ne prêta plus attention à la douleur qu'il ressentait à l'abdomen.

لم يعد يولي أي اهتمام للألم في بطنه.

Peu importe l'intensité de la douleur, il la surmonterait.

مهما بلغ الألم، كان سيتجاوزه.

Il se laissa tomber contre le dossier d'une chaise voisine.

ترك نفسه يسقط على ظهر كرسي قريب.

Et il s'accrochait aux bords avec ses petites jambes.

وتشبث بالحواف بساقيه الصغيرتين.

À ce stade, il avait repris le contrôle de lui-même.

لقد تمكن في هذه المرحلة من السيطرة على نفسه بشكل أكبر.

Et sa chute fut plus silencieuse que la précédente.

وكان سقوطه أكثر هدوءاً من سابقه.

Parce qu'il devait écouter ce que disait le manager.

لأنه كان عليه أن يستمع إلى ما يقوله المدير.

« Avez-vous compris quelque chose à tout cela ? » demanda-t-il aux parents.

سأل الوالدين: "هل فهمتم أي شيء من ذلك؟"

« Il ne se moquerait pas de nous, n'est-ce pas ? »

"لن يخدعنا، أليس كذلك؟"

« Pour l'amour de Dieu ! » s'écria la mère, déjà en larmes.

"يا إلهي!" صرخت الأم وهي تبكي.

« Il est peut-être gravement malade et nous le tourmentons. »

"ربما يكون مريضاً بشدة ونحن نعذبه".

« Grete ! Grete ! » cria-t-elle à sa fille.

"غريت! غريت!" صرخت في وجه ابنتها.

« Maman ? » appela la sœur de l'autre côté.

نادت الأخت من الجانب الآخر: "أمي؟"

Ils ont ensuite communiqué par l'intermédiaire de la chambre de Gregor.

ثم تواصلوا عبر غرفة غريغور.

« Gregor est très malade et il a besoin de médicaments. »

"غريغور مريض جداً ويحتاج إلى دواء".

«Vous devrez aller chez le médecin immédiatement.»

"سيتعين عليك الذهاب إلى الطبيب فوراً".

« Tu as entendu comment Gregor parlait tout à l'heure ? »

"هل سمعت الطريقة التي تحدث بها غريغور للتو؟"

« C'était la voix d'un animal », a déclaré le gérant.

قال المدير: "كان ذلك صوت حيوان."

Ses paroles étaient douces comparées aux cris de la mère.

كانت كلماته هادئة مقارنة بصراخ الأم.

« Anna ! Anna ! » appela le père depuis l'antichambre.

"آنا! آنا!" نادى الأب من خلال الغرفة الأمامية.

Et il a claqué des mains pour attirer leur attention.

وصفق بيديه لجذب انتباههم.

« Appelez immédiatement un serrurier ! » ordonna-t-il à la
bonne.

أمر الخادمة قائلاً: "أحضري صانع أقفال فوراً"!

Les filles, en jupes, traversèrent l'antichambre en courant.

ركضت الفتيات، مرتديات تنانيرهن، عبر الغرفة الأمامية.

Et leurs jupes bruissaient lorsqu'elles passèrent en courant
devant sa chambre.

وصدرت تنانيرهن حفيفاً وهن يركضن أمام غرفته.

« Comment sa sœur a-t-elle fait pour s'habiller si vite ? » se
demanda-t-il.

"كيف ارتدت الأخت ملابسها بهذه السرعة؟" فكر.

La porte a été arrachée, mais elle n'a pas été claquée.

تم فتح الباب عنوةً، لكنه لم يُغلق بقوة.

C'est fréquent dans les maisons où survient un grand
malheur.

هذا أمر شائع في المنازل التي تحدث فيها مصيبة كبيرة.

Mais tout cela avait considérablement apaisé Gregor.

لكن كل هذا جعل غريغور أكثر هدوءاً.

Quand il entendait ses propres paroles, elles lui paraissaient claires.

عندما سمع كلماته، بدت له واضحة.

En fait, il estimait que ses paroles avaient été plus claires.

في الواقع، شعر أن كلماته كانت أكثر وضوحاً.

Mais les autres ne comprenaient plus ce qu'il disait.

لكن الآخرين لم يعودوا يفهمون ما كان يقوله.

Peut-être s'était-il habitué à ses oreilles à ce moment-là.

ربما يكون قد اعتاد على أذنيه الآن.

Mais au moins, ils comprenaient maintenant mieux sa situation.

لكن على الأقل فهموا وضعه الآن بشكل أفضل.

Ils se sont rendu compte qu'il y avait vraiment quelque chose qui n'allait pas chez lui.

أدركوا أن هناك بالفعل مشكلة ما به.

Et ils faisaient maintenant tout leur possible pour l'aider.

وكانوا الآن يبذلون كل ما في وسعهم لمساعدته.

Cela redonna à Gregor un sentiment de confiance qui lui manquait.

هذا الأمر منح غريغور شعوراً بالثقة كان يفتقدها.

Et il se sentait de nouveau beaucoup plus en sécurité au sein de sa famille.

وشعر بالأمان مجدداً في كنف عائلته.

Il avait le sentiment d'être à nouveau intégré au cercle humain.

شعر بأنه قد تم إدراجه مرة أخرى في دائرة البشر.

Il ne lui restait plus qu'à espérer que le serrurier puisse ouvrir la porte.

والآن عليه أن يأمل أن يتمكن صانع الأقفال من فتح الباب.

Et il espérait que le médecin serait capable d'accomplir de telles tâches.

وكان يأمل أن يتمكن الطبيب من أداء مثل هذه المهام.

Il allait bientôt devoir reprendre la parole.

سيضطر إلى التحدث أكثر قريباً.

Il allait falloir que sa voix soit aussi claire que possible.

كان عليه أن يجعل صوته واضحاً قدر الإمكان.

Pour se préparer à la réunion, il s'éclaircit la gorge.

استعداداً للاجتماع، قام بتنظيف حلقه.

Il s'efforçait toutefois de tousser très discrètement.

ومع ذلك، بذل قصارى جهده ليسعل بهدوء شديد.

Ce bruit pouvait être différent d'une toux humaine.

ربما كان الصوت مختلفًا عن صوت السعال البشري.

Il savait qu'il ne pouvait plus faire la différence entre de telles choses.

كان يعلم أنه لم يعد قادراً على التمييز بين هذه الأشياء.

Dans la pièce voisine, le silence était total.

في الغرفة المجاورة، ساد صمت تام.

Les parents étaient probablement assis à table.

ربما كان الوالدان جالسين على الطاولة.

Ils chuchotaient peut-être avec le gérant.

ربما كانوا يتحدثون همساً مع المدير.

Peut-être que tout le monde était appuyé contre la porte et écoutait.

ربما كان الجميع يميلون إلى الباب ويستمعون.

Gregor poussa lentement la chaise vers la porte.

دفع غريغور الكرسي ببطء نحو الباب.

Il s'appuya contre la porte et se tint droit.

دفع الباب بقوة وحافظ على استقامته.

Il a découvert que la plante de ses pieds était légèrement collée.

لقد اكتشف أن وسادات قدميه تحتوي على القليل من الصمغ.

Et il se reposa là un instant, épuisé.

واستراح هناك للحظة من شدة الجهد.

Après s'être suffisamment reposé, il s'attela à la tâche suivante.

وبعد أن استراح بما فيه الكفاية، بدأ بالمهمة التالية.

Il commença à tourner la clé dans la serrure avec sa bouche.

بدأ يدير المفتاح في القفل بفمه.

Malheureusement, il semblait qu'il n'avait pas de dents.

لسوء الحظ، يبدو أنه لم يكن لديه أسنان حقيقية.

Mais quel autre moyen avait-il pour s'emparer des clés ?

لكن ما هي الطريقة الأخرى التي كانت لديه للحصول على المفاتيح؟

Heureusement pour lui, ses mâchoires étaient bien sûr très fortes.

ولحسن حظه، كانت فكاه قوية للغاية بالطبع.

Grâce à la force de ses mâchoires, il a vraiment réussi à faire bouger la clé.

وبمساعدة فكيه، تمكن من تحريك المفتاح بالفعل.

Il ne doutait pas qu'il se faisait du mal à lui-même également.

لم يكن لديه أدنى شك في أنه كان يلحق الضرر بنفسه أيضاً.

Parce qu'un liquide brunâtre sortait de sa bouche.

لأن سائلاً بنياً كان يخرج من فمه.

Le liquide brunâtre a coulé sur la clé et le long de la porte.

تدفق السائل البني فوق المفتاح ونزل على الباب.

Mais Gregor ne se souciait pas de se faire du mal.

لكن غريغور لم يكترث بأنه كان يؤذي نفسه.

« Vous entendez ça ? » demanda le gérant dans la pièce voisine.

قال المدير في الغرفة المجاورة: "هل تسمع ذلك؟"

« Il tourne la clé », avait remarqué le gérant.

"إنه يدير المفتاح"، هكذا لاحظ المدير.

Ces paroles furent un grand encouragement pour Gregor.

كانت هذه الكلمات بمثابة تشجيع كبير لغريغور.

Mais le père et la mère auraient également dû crier :

لكن كان ينبغي على الأب والأم أيضاً أن يصرخا:

« Bien joué, Gregor ! » auraient-ils dû lui crier.

كان ينبغي عليهم أن يصرخوا له قائلين: "أحسنت يا غريغور."

«Continue, continue de tourner la clé, tu peux le faire.»

"استمر، استمر في تدوير هذا المفتاح، يمكنك فعلها".

Mais Gregor dut plutôt imaginer leur enthousiasme.

لكن بدلاً من ذلك، كان على غريغور أن يتخيل مدى حماسهم.

Il serra les mâchoires de toutes ses forces.

شدّ على فكيه بكل قوته.

Et il continua à tourner la clé dans la serrure.

واستمر في تدوير المفتاح في القفل.

Son corps se tordit douloureusement en un cercle.

التوى جسده بشكل مؤلم في دائرة.

Il ne tenait plus debout qu'avec sa bouche.

كان الآن يمسك نفسه منتصباً بفمه فقط.

Pour continuer à tourner la clé, il appuya contre la porte.

واستمر في تدوير المفتاح بالضغط على الباب.

Finalement, le claquement de la serrure réveilla de nouveau Gregor.

وأخيراً أيقظ صوت انغلاق القفل غريغور مرة أخرى.

« Je n'avais donc pas besoin du serrurier », soupira-t-il de soulagement.

"إذن لم أكن بحاجة إلى صانع الأقفال"، تنهد بارتياح.

Il ne lui restait plus qu'à ouvrir la porte qu'il avait déverrouillée.

كل ما عليه الآن هو أن يفتح الباب الذي كان قد فتحه.

Et, la tête sur la poignée, il ouvrit la porte.

ووضع رأسه على المقبض ثم فتح الباب.

Il se trouvait derrière la porte qui donnait sur sa chambre.

كان يقف خلف الباب الذي يفتح على غرفته.

La porte était donc déjà ouverte avant même qu'on puisse le voir.

إذن كان الباب مفتوحاً بالفعل قبل أن يُرى.

Il lui fallait ensuite se faufiler autour de la porte elle-même.

ثم كان عليه أن يتحرك حول الباب نفسه.

Ce mouvement difficile a également nécessité beaucoup d'efforts.

وقد تطلبت هذه الحركة الصعبة أيضاً الكثير من الجهد.

Il ne voulait pas tomber maladroitement dans la pièce voisine.

لم يكن يريد أن يسقط بشكل أخرق في الغرفة المجاورة.

Il n'avait donc pas le temps de prêter attention à quoi que ce soit d'autre.

لذلك لم يكن لديه وقت للاهتمام بأي شيء آخر.

Mais il entendit alors le chef de bureau s'exclamer bruyamment : « Oh ! »

لكنه سمع بعد ذلك رئيس الكتبة يقول بصوت عالٍ "أوه"!

On aurait dit que le vent soufflait en rafales dans la maison.

بدا الأمر وكأن الرياح تعصف في أرجاء المنزل.

Il se trouvait être celui qui était le plus proche de la porte.

لقد كان هو الأقرب إلى الباب.

Et maintenant, en le voyant, il porta sa main à sa bouche.

والآن، عندما رآه، وضع يده على فمه.

Il recula lentement, s'éloignant de Gregor.

تحرك ببطء إلى الخلف، مبتعداً عن غريغور.

Mais c'était comme si une force invisible agissait sur lui.

لكن الأمر كان أشبه بقوة خفية تؤثر عليه.

La première chose que fit la mère fut de regarder le père.

أول ما فعلته الأم هو النظر إلى الأب.

Malgré la présence du gérant, ses cheveux étaient en désordre.

على الرغم من وجود المدير، كان شعرها أشعثاً.

Elle déplia les bras et fit deux pas en avant.

فتحت ذراعيها، وخطت خطوتين إلى الأمام.

Mais elle s'est effondrée au milieu de sa jupe.

لكنها انهارت بعد ذلك وهي ترتدي تنورتها.

Sa robe s'est étalée tout autour d'elle sur le sol.

انتشر فستانها حولها على الأرض.

Et sa tête disparut sur sa poitrine.

واختفى رأسها على صدرها.

Le père serra le poing avec une expression hostile.

قبض الأب قبضته بتعبير عدائي.

Il semblait vouloir que Gregor soit renvoyé dans sa chambre.

بدا أنه يريد دفع غريغور إلى غرفته.

Il jeta ensuite un regard incertain autour du salon.

ثم نظر بتردد حول غرفة المعيشة.

Et finalement, il se couvrit les yeux entre ses mains.

وأخيراً غطى عينيه بين يديه.

Et il pleura amèrement jusqu'à ce que sa poitrine puissante tremble.

وبكى بكاءً مريراً حتى اهتز صدره العظيم.

Gregor n'est en réalité pas entré dans leur chambre.

لم يدخل غريغور غرفتهم على الإطلاق.

Au lieu de cela, il s'appuya contre le cadre de la porte.

بدلاً من ذلك، استند إلى إطار الباب.

Seule la moitié de son corps était visible de l'extérieur.

لم يكن يظهر من الخارج سوى نصف جسده.

Et sur son corps reposait sa tête, inclinée sur le côté.

وكان رأسه فوق جسده، مائلاً إلى الجانب.

La lumière était désormais devenue beaucoup plus vive qu'auparavant.

وبحلول ذلك الوقت، أصبح الضوء أكثر سطوعاً بكثير مما كان عليه من قبل.

On pouvait désormais voir clairement l'autre côté de la rue.

أصبح بإمكان المرء أن يرى بوضوح الجانب الآخر من الشارع الآن.

Une partie de l'hôpital gris et interminable se dévoila.

ظهر جزء من المستشفى الرمادي الذي لا نهاية له.

La pluie matinale n'avait pas encore complètement cessé de tomber.

لم يتوقف هطول أمطار الصباح تماماً بعد.

Mais maintenant, les gouttes de pluie étaient plus grosses et plus espacées.

لكن قطرات المطر الآن أصبحت أكبر حجماً وأبعد عن بعضها.

Les plats du petit-déjeuner étaient disposés en abondance sur la table.

كانت أطباق الإفطار متوفرة بكثرة على الطاولة.

Le père considérait le petit-déjeuner comme le repas le plus important.

كان الأب يعتقد أن وجبة الإفطار هي أهم وجبة.

Le petit-déjeuner était un repas qu'il s'éternisait pendant des heures.

كان الإفطار وجبةً يستغرقها لساعات.

Et pendant ces heures, il lisait les différents journaux.

وفي هذه الساعات كان يقرأ الصحف المختلفة.

Juste en face, sur le mur, était accrochée une photo de Gregor.

وعلى الجدار المقابل مباشرة، عُلقت صورة لغريغور.

La photographie accrochée au mur le montrait en lieutenant.

أظهرت الصورة المعلقة على الحائط أنه كان برتبة ملازم.

C'était une photo de l'époque où il était dans l'armée.

كانت صورة من الفترة التي قضاها في الجيش.

Sa main était posée sur son épée, et il arborait un sourire insouciant.

كانت يده على سيفه، وكانت على وجهه ابتسامة خالية من الهموم.

Sa posture et son uniforme imposaient un certain respect.

كانت هيئته وزيه الرسمي يفرضان نوعاً من الاحترام.

L'autre porte qui menait à l'antichambre était également ouverte.

وكان الباب الآخر المؤدي إلى الغرفة الأمامية مفتوحاً أيضاً.

Et la porte de l'appartement était encore ouverte elle aussi.

وكان باب الشقة لا يزال مفتوحاً أيضاً.

On pouvait voir jusqu'à la cour de l'immeuble.

كان بإمكان المرء أن يرى حتى ساحة الشقة الأمامية.

Puis les escaliers descendaient sur la rue en contrebas.

ثم قاد الدرج إلى الشارع بالأسفل.

Gregor était le seul à avoir gardé son sang-froid.

كان غريغور الوحيد الذي حافظ على رباطة جأشه.

Il a constaté cela, la conversation était donc de sa responsabilité.

لقد رأى ذلك، لذا كانت المحادثة مسؤوليته.

« Bon, je vais m'habiller pour le travail maintenant », dit-il.

قال: "حسنًا، سأرتدي ملابسي للعمل الآن."

« Une fois que j'aurai emballé les échantillons de tissu, je partirai. »

"بعد أن أحزم عينات الأقمشة، سأغادر".

«Vous comptez toujours me tirer dessus, Monsieur Prokurist ?»

"هل ما زلت تنوي طردي يا سيد بروكوريست؟"

« Comme vous pouvez le constater, je ne suis pas aussi têtue que vous le pensiez. »

"كما ترى، لست عنيداً كما كنت تظن".

« Et vous pouvez constater que j'aime bien travailler, après
tout. »

"ويمكنك أن ترى أنني أحب العمل في نهاية المطاف".

« Je peux admettre que voyager pour le travail n'est pas
facile. »

"أستطيع أن أعترف بأن السفر للعمل ليس بالأمر السهل".

« Mais je peux aussi accepter que cela fasse partie de mon
travail. »

"لكنني أستطيع أيضاً أن أتقبل أن هذا جزء من وظيفتي".

« Chef de projet, où allez-vous ? Retournez-vous au bureau ?
»

"سيدي المدير، إلى أين أنت ذاهب؟ هل ستعود إلى المكتب؟"

« Allez-vous rapporter fidèlement tout ce que vous avez vu ?
»

"هل ستبلغ بصدق عن كل ما رأيته؟"

«Il arrive parfois qu'on soit dans l'incapacité d'aller
travailler.»

"أحياناً يحدث أن يعجز المرء عن الذهاب إلى العمل".

« C'est le moment idéal pour se souvenir des succès passés. »

"هذا هو الوقت المناسب لتذكر الإنجازات السابقة".

« Une fois la difficulté surmontée, on travaille encore mieux.
»

"بعد إزالة الصعوبة، يصبح العمل أفضل".

« Ma diligence et ma concentration vont augmenter. »

"من المتوقع أن يزداد اجتهادي وتركيزي".

«Vous savez très bien que je suis redevable envers le
patron.»

"أنت تعلم جيداً أنني مدين لرئيسي".

« Mais je suis aussi inquiète pour mes parents et ma sœur. »

"لكنني قلق أيضاً على والديّ وأختي".

« Je suis dans une situation délicate, mais je vais m'en sortir.
»

"أنا في مأزق، لكنني سأجد طريقة للخروج منه".

« Ne compliquez pas davantage les choses. »

"لا تجعل الأمر أكثر صعوبة مما هو عليه بالفعل".

« En tant que collègues, nous devons aussi nous entraider. »

"بصفتنا زملاء في العمل، علينا أيضاً أن نساعد بعضنا البعض".

« Je sais que les employés de bureau n'aiment pas les
voyageurs. »

"أعلم أن موظفي المكاتب لا يحبون المسافرين".

«Vous croyez qu'on gagne des fortunes et qu'on mène une
vie confortable.»

"أتظن أننا نكسب ثروة ونعيش حياة جيدة؟"

« Ils n'ont aucune raison valable de tenir compte de leurs
préjugés. »

"ليس لديهم سبب حقيقي للنظر في تحيزاتهم".

« Mais vous, agent habilité, votre rôle est différent. »

"لكن دورك مختلف أيها الضابط المخول".

«Vous avez une meilleure vue d'ensemble que les autres
membres du personnel.»

"لديك نظرة عامة أفضل من باقي الموظفين".

« En fait, je pense que vous avez peut-être la meilleure vue
d'ensemble. »

"في الواقع، أعتقد أن لديك أفضل نظرة عامة".

«Vous avez une meilleure vision d'ensemble que le patron
lui-même.»

"لديك نظرة عامة أفضل من المدير نفسه".

« J'admets que c'est le patron qui fait le travail
d'entrepreneur. »

"أعترف بأن المدير يقوم بالفعل بالعمل الريادي".

« Mais il est facile de se tromper dans ses jugements. »

"لكن من السهل أن تضلل أحكامه".

« Et ces petites erreurs de jugement peuvent nous être préjudiciables. »

"وهذه الأخطاء الصغيرة في التقدير قد تكون ضارة بنا".

«Vous savez combien il est facile de parler du voyageur.»

"أنت تعرف كم هو سهل الحديث عن المسافر".

« Il n'est pas là pour défendre sa réputation contre les rumeurs. »

"إنه ليس هناك للدفاع عن سمعته من الشائعات".

« Ces accusations peuvent très bien n'être que des coïncidences. »

"قد تكون هذه الاتهامات مجرد مصادفات".

« Nombre de ces plaintes ne reposent même sur aucune vérité. »

"العديد من الشكاوى لا تستند حتى إلى أي حقائق".

«Il est absent du bureau pendant presque toute l'année.»

"إنه خارج المكتب طوال العام تقريباً".

«Quelles chances a-t-il de défendre sa propre réputation ?»

"ما هي فرصته في الدفاع عن سمعته؟"

«Il n'a même pas connaissance des accusations.»

"إنه لا يسمع حتى بالاتهامات".

«Il découvre ce qui a été dit lorsqu'il est trop tard.»

"يكتشف ما قيل عندما يكون الأوان قد فات".

« À ce stade, il est épuisé par le voyage de la journée. »

"في تلك المرحلة يكون منهكاً من رحلة اليوم".

« Il devra de toute façon en subir les terribles conséquences. »

"عليه أن يواجه العواقب الوخيمة على أي حال".

« Même s'il n'a aucun moyen de comprendre le problème. »

"على الرغم من أنه لا يملك أي وسيلة لفهم المشكلة".

« Oh, manager, ne partez pas sans me dire un mot. »

"يا مدير، لا تغادر دون أن تقول لي كلمة".

«Dites-moi au moins que vous êtes d'accord avec moi en partie.»

"على الأقل أخبرني أنك توافقني الرأي جزئياً".

Mais le directeur s'était détourné de Gregor bien plus tôt.

لكن المدير كان قد انصرف عن غريغور في وقت سابق بكثير.

Son épaule tressaillit lorsqu'il se retourna vers Gregor.

ارتجف كتفه عندما نظر إلى غريغور.

Et il n'est pas resté immobile une seule fois pendant tout son discours.

ولم يتوقف عن الكلام ولو لمرة واحدة أثناء الخطاب.

Il se retournait vers Gregor, les lèvres pincées.

كان ينظر إلى غريغور بشفتين مضمومتين.

Il reculait progressivement vers la porte.

كان يتراجع تدريجياً نحو الباب.

Mais il ne pouvait pas non plus détacher son regard de Gregor.

لكنه لم يستطع أن يصرف نظره عن غريغور أيضاً.

Il avait l'impression qu'il lui était secrètement interdit de quitter la pièce.

شعر وكأن هناك حظراً سرياً على مغادرة الغرفة.

Mais à ce stade, il se trouvait déjà dans le hall d'entrée.

لكن في هذه المرحلة كان قد وصل بالفعل إلى قاعة المدخل.

Et soudain, il fit un mouvement vers la sortie.

ثم قام بحركة مفاجئة نحو المخرج.

Il tendit la main droite vers les escaliers.

مدّ يده اليمنى باتجاه الدرج.

Peut-être qu'une force surnaturelle attendait pour le sauver.

ربما كانت قوة خارقة للطبيعة تنتظر لإنقاذه.

Gregor savait qu'il ne pouvait pas le laisser partir comme ça.

كان غريغور يعلم أنه لا يستطيع السماح له بالرحيل بهذه الطريقة.

Le manager ne doit pas revenir dans le même état d'esprit qu'avant.

يجب ألا يعود المدير بنفس الحالة المزاجية التي كان عليها.

La sécurité de l'emploi de Gregor était fortement menacée.

كان أمن وظيفة غريغور في خطر كبير.

Les parents ne comprenaient pas tout cela.

لم يستطع الوالدان فهم كل هذا بشكل كامل.

Au fil des ans, ils s'étaient habitués à sa sécurité d'emploi.

على مر السنين، اعتادوا على استقرار وظيفته.

Et ils étaient convaincus qu'il avait ce poste à vie.

وقد اقتنعوا بأنه سيحصل على الوظيفة مدى الحياة.

Au lieu de cela, ils s'étaient préoccupés d'autres soucis.

بدلاً من ذلك، انشغلوا بمشاكل أخرى أكثر.

Mais ces préoccupations leur ont fait perdre toute prévoyance.

لكن هذه المخاوف دفعتهم إلى فقدان كل بصيرة.

Gregor, cependant, n'avait pas perdu la clairvoyance de ses parents.

لكن غريغور لم يفقد بعد نظر الوالدين.

Il a fallu que quelqu'un arrête le représentant autorisé.

كان لا بد من إيقاف الممثل المفوض.

Il allait devoir le calmer et le convaincre.

كان عليه أن يهدئه ويقنعه.

L'avenir de Gregor et de sa famille en dépendait !

كان مستقبل غريغور وعائلته يعتمد على ذلك!

Si seulement sa sœur intelligente avait été là pour l'aider.

لو كانت الأخت الذكية هنا للمساعدة.

Elle avait déjà pleuré alors que Gregor était encore dans sa chambre.

لقد بكت بالفعل عندما كان غريغور لا يزال في غرفته.

À ce moment-là, il était simplement allongé tranquillement sur le dos.

في تلك اللحظة، كان مستلقياً بهدوء على ظهره.

Elle connaissait déjà l'importance de la situation à ce moment-là.

كانت تدرك بالفعل أهمية الموقف حينها.

Le directeur était connu pour avoir un faible pour les femmes.

كان المدير معروفاً بميله الشديد للنساء.

Elle aurait facilement pu le persuader de rester plus longtemps.

كان بإمكانها بسهولة إقناعه بالبقاء لفترة أطول.

Elle aurait fermé la porte et l'aurait fait rentrer.

كانت ستغلق الباب وتعيده إلى الداخل.

Mais malheureusement, sa sœur était partie chercher un médecin.

لكن لسوء الحظ، ذهبت الأخت لإحضار طبيب.

Gregor n'avait donc pas d'autre choix que de le faire lui-même.

لذلك لم يكن أمام غريغور خيار سوى القيام بذلك بنفسه.

Il n'avait pas réfléchi à quelles étaient réellement ses capacités.

لم يكن قد فكر في ماهية قدراته الحقيقية.

Et il avait oublié de se méfier de sa capacité à parler.

وقد نسي أن يشك في قدرته على الكلام.

Mais il a néanmoins quitté la sécurité de sa chambre.

لكن مع ذلك، فقد غادر أمان غرفته.

Et il se faufila par l'ouverture de la pièce.

ودفع نفسه عبر فتحة الغرفة.

Le directeur était déjà en train de descendre les escaliers.

كان المدير قد بدأ بالفعل بالنزول على الدرج.

Mais il s'accrochait à la rambarde à deux mains.

لكنه كان متمسكاً بالدرابزين بكلتا يديه.

Gregor tomba en se poussant à travers la porte.

سقط غريغور أرضاً وهو يدفع نفسه عبر الباب.

Il laissa échapper un petit cri en cherchant un appui.

أطلق صرخة صغيرة وهو يحاول التشبث بأي شيء طلباً للدعم.

Mais au lieu de paniquer, il a ressenti un bien-être physique.

لكن بدلاً من الذعر، شعر براحة جسدية.

Pour la première fois ce matin-là, quelque chose semblait juste.

لأول مرة في ذلك الصباح، شعرت أن شيئاً ما كان صحيحاً.

Il avait désormais toutes les jambes bien ancrées au sol.

أصبحت جميع ساقيه الآن على أرض صلبة تحتها.

Il était surpris de constater à quel point il contrôlait bien ses jambes.

لقد فوجئ بمدى قدرته على التحكم بساقيه.

Il était heureux de constater que ses jambes lui obéissaient parfaitement.

لقد شعر بالسعادة عندما لاحظ أن ساقيه تطيعانه تماماً.

En réalité, ses jambes le portaient partout où il le voulait.

في الواقع، كانت ساقاه تحملانه إلى أي مكان يريده.

Bientôt, tous ses chagrins allaient prendre fin.

سرعان ما ستنتهي كل أحزانه.

Mais au même moment, sa propre mère se leva d'un bond.

لكن في نفس اللحظة قفزت والدته.

Ses bras étaient tendus et ses doigts écartés.

كانت ذراعاها ممدودتين، وأصابعها متباعدة.

Et elle s'est écriée : « Au secours ! Au nom de Dieu, que quelqu'un m'aide ! »

وصرخت قائلة: "أغيثوني، بالله عليكم أغيثوني"!

Elle inclina la tête ; elle voulait mieux voir Gregor.

أمالت رأسها؛ أرادت أن ترى غريغور بشكل أفضل.

Mais contrairement à sa première action, elle est revenue en courant.

لكن على عكس الفعل الأول، ركضت للخلف.

Elle avait oublié que la table était mise derrière elle.

لقد نسيت أن الطاولة كانت مُعدّة خلفها.

Tout ce qui était prévu pour le petit-déjeuner était encore sur la table.

كانت جميع مستلزمات الإفطار لا تزال على الطاولة.

Elle s'assit précipitamment sur la table, comme distraite.

جلست على الطاولة على عجل، كما لو كانت مشتتة الذهن.

Et elle n'a pas semblé remarquer le café renversé.

ويبدو أنها لم تلاحظ القهوة المسكوبة.

Le café était maintenant en train d'imbiber la moquette.

القهوة التي كانت تتشربها السجادة الآن.

« Maman, maman », dit doucement Gregor en levant les yeux vers elle.

قال غريغور بهدوء وهو ينظر إليها: "أمي، أمي."

Pour le moment, le manager ne lui importait pas.

في الوقت الحالي، لم يكن المدير مهماً بالنسبة له.

Mais il y avait aussi le café qui coulait sur la moquette.

لكن كان هناك أيضاً القهوة التي تتساقط على السجادة.

Gregor n'a pas pu s'empêcher de claquer des dents devant le café.

لم يستطع غريغور مقاومة فتح فمه عند رؤية القهوة.

La mère se remit à pleurer à cause de son comportement.

بدأت الأم بالبكاء مرة أخرى بسبب سلوكه.

Elle a sauté de la table pour prendre ses distances avec lui.

قفزت من على الطاولة لتبتعد عنه.

Et elle s'est réfugiée dans les bras de son père.

وركضت إلى أحضان والدها طلباً للأمان.

Mais Gregor n'avait plus de temps à consacrer à ses parents.

لكن غريغور لم يعد لديه وقت ليضيعه مع والديه الآن.

L'agent habilité se trouvait déjà dans l'escalier.

كان الضابط المخوّل موجوداً بالفعل على الدرج.

Il avait le menton appuyé sur la rambarde, pour regarder à l'intérieur de la maison.

كان يضع ذقنه على السور لينظر إلى داخل المنزل.

Apparemment, il voulait jeter un dernier coup d'œil au spectacle.

على ما يبدو، أراد إلقاء نظرة أخيرة على المشهد.

Et Gregor fit un dernier effort pour joindre le directeur.

وبذل غريغور جهداً أخيراً للوصول إلى المدير.

Il courut vers la porte aussi prudemment qu'il le put.

ركض نحو الباب بأمان قدر استطاعته.

Mais le chef de bureau devait se douter de quelque chose.

لكن لا بد أن رئيس الكتبة كان يشك في شيء ما.

Parce qu'il a descendu quelques marches et a disparu.

لأنه قفز عدة درجات إلى أسفل واختفى.

« Hein ! » s'écria Gregor, sa voix résonnant dans la cage d'escalier.

"هاه!" صرخ غريغور، وصدى صوته يتردد في أرجاء الدرج.

La fuite du manager sembla également déconcerter son père.

بدا أن هروب المدير قد أثار حيرة والده أيضاً.

Jusque-là, il était parvenu à garder son calme.

لقد تمكن حتى ذلك الحين من الحفاظ على هدوئه التام.

Mais malheureusement, lui aussi a perdu le sang-froid qu'il avait eu.

لكن لسوء الحظ، فقد هو الآخر رباطة جأشه التي كان يتمتع بها.

Il aurait dû aider Gregor dans sa quête.

كان عليه أن يساعد غريغور في مطاردته.

Mais, d'une main, il saisit la canne du directeur.

لكنه أمسك بعصا المدير بيد واحدة.

Et dans l'autre main, il tenait maintenant un journal.

وفي يده الأخرى كان يحمل صحيفة.

Et il entravait désormais directement Gregor dans sa poursuite.

والآن قام بعرقلة غريغور بشكل مباشر في مطاردته.

Il s'était placé entre Gregor et la rue.

لقد وضع نفسه بين غريغور والشارع.

Il tapa du pied et agita le bâton et le journal.

دقّ بقدميه على الأرض، ولوّح بالعصا والصحيفة.

Et il forçait activement Gregor à retourner dans sa chambre.

وكان يُجبر غريغور بنشاط على العودة إلى غرفته.

Aucune des demandes formulées par Gregor n'a été utile.

لم تُجدِ أي من الطلبات التي حاول غريغور تقديمها نفعاً.

Parce qu'aucune de ses demandes n'a été comprise.

لأنه لم يتم فهم أي من الطلبات التي قدمها.

Il tourna la tête vers un angle plus profond et plus humble.

أدار رأسه بزاوية أعمق وأكثر تواضعاً.

Mais son père répondit en tapant du pied encore plus fort.

لكن والده ردّ عليه بالدوس بقدميه بقوة أكبر.

La mère ouvrit une fenêtre, malgré la fraîcheur ambiante.

فتحت الأم النافذة رغم برودة الطقس.

Et elle enfouit son visage dans ses mains froides.

وضغطت وجهها بين يديها في البرد.

Le vent pouvait désormais traverser tout l'appartement.

أصبح بإمكان الرياح الآن المرور عبر الشقة بأكملها.

Un fort courant d'air soufflait de l'escalier vers la ruelle.

هبت نسمة هواء قوية من الدرج إلى الزقاق.

Les rideaux claquaient sous l'effet du vent violent.

رفرفت الستائر بفعل الرياح القوية.

Et le journal posé sur la table bruissait dans le vent.

وصدرت حفيفات من الصحيفة الموضوعة على الطاولة في مهب الريح.

Même des feuilles ont été soufflées à l'intérieur de la maison depuis l'extérieur.

حتى أن بعض الأوراق دخلت إلى المنزل من الخارج.

Le père tapa du pied et poussa sans relâche.

دق الأب قدميه على الأرض ودفع بلا هوادة.

Et il sifflait et émettait des bruits comme un homme sauvage.

وأصدر أصواتاً كصوت رجل متوحش.

Mais Gregor ne s'était pas encore entraîné à marcher à reculons.

لكن غريغور لم يكن قد تدرب بعد على المشي إلى الخلف.

Même Gregor admettrait que ce mouvement était beaucoup plus lent.

حتى غريغور نفسه سيعترف بأن هذه الحركة كانت أبطأ بكثير.

Tout ce qu'il souhaitait, c'était avoir la possibilité de faire demi-tour.

لكن كل ما كان يريده هو فرصة للعودة.

Il serait alors allé directement dans sa chambre.

ثم كان سيذهب إلى غرفته مباشرة.

Mais il avait trop peur d'impatienter son père.

لكنه كان يخشى كثيراً أن يجعل والده ينفد صبره.

Et il y avait la menace d'un coup de bâton.

وكان هناك تهديد بالضرب بالعصا.

Un tel coup à l'arrière de la tête pourrait être fatal.

قد تكون مثل هذه الضربة على مؤخرة الرأس قاتلة.

Mais finalement, Gregor n'avait pas d'autre choix.

لكن في النهاية لم يتبق أمام غريغور أي خيار آخر.

Il s'est rendu compte qu'il ne pouvait même plus marcher droit à reculons.

أدرك أنه لا يستطيع حتى المشي للخلف بشكل مستقيم.

Il commença à se retourner aussi vite qu'il le put.

بدأ يستدير بأسرع ما يمكن.

Mais en réalité, ce mouvement de rotation était tout aussi lent.

لكن في الواقع، كانت هذه الحركة الدورانية بطيئة بنفس القدر.

Et il fut suivi des regards anxieux du père.

وتبعته نظرات الأب القلقة.

Peut-être le père avait-il remarqué les bonnes intentions de Gregor.

ربما لاحظ الأب نوايا غريغور الحسنة.

Parce qu'il ne l'a pas empêché de se retourner.

لأنه لم يمنعه من الالتفات.

Il a même utilisé le bout de son bâton pour guider la rotation.

بل إنه استخدم طرف عصاه لتوجيه الدوران.

Mais Gregor aurait préféré que son père ne lui ait pas sifflé dessus !

لكن غريغور ما زال يتمنى لو أن والده لم يصرخ في وجهه!

Le sifflement ne fit qu'ajouter à la confusion du moment.

لم يزد صوت الفحيح إلا من ارتباك اللحظة.

Puis il a commis une erreur et a tourné dans la mauvaise direction.

ثم ارتكب خطأً وانعطف في الاتجاه الخاطئ.

Finalement, il a réussi à se tourner dans la bonne direction.

وفي النهاية تمكن أخيراً من مواجهة الطريق الصحيح.

Et il était satisfait des progrès qu'il avait accomplis.

وكان مسروراً بالتقدم الذي أحرزه.

Mais un autre problème est alors devenu encore plus évident.

لكن المشكلة التالية أصبحت أكثر وضوحاً.

Son corps était trop large pour passer facilement la porte.

كان جسده عريضاً جداً بحيث لا يمكنه المرور بسهولة من الباب.

Dans son état actuel, le père ne s'en est pas aperçu.

في حالته الراهنة، لم يلاحظ الأب ذلك.

Il ne lui vint donc pas à l'esprit d'ouvrir davantage la porte.

لذلك لم يخطر بباله أن يفتح الباب أكثر.

Il y aurait alors eu suffisamment de place pour Gregor.

عندها كان سيكون هناك مساحة كافية لغريغور.

Sa seule priorité était de faire entrer Gregor dans sa chambre.

كانت أولويته الوحيدة هي إدخال غريغور إلى غرفته.

Il aurait dû se lever pour passer la porte.

كان عليه أن يقف منتصباً ليتمكن من المرور عبر الباب.

Mais le père n'aurait pas permis une telle manœuvre.

لكن الأب لم يكن ليسمح بمثل هذه المناورة.

En fait, il le sifflait encore plus sauvagement qu'avant.

في الواقع، كان يزمجر في وجهه بشكل أكثر شراسة من ذي قبل.

On aurait dit qu'il y avait plus d'un homme qui lui sifflait dessus.

بدا الأمر وكأنه أكثر من مجرد رجل واحد يهمس في وجهه.

Ses revendications semblaient revêtir une nouvelle urgence.

بدت مطالبه وكأنها تحمل طابعاً جديداً من الإلحاح.

Il n'y avait vraiment plus de temps à perdre.

لم يعد هناك وقت للعبث الآن.

Quoi qu'il arrive, Gregor devait franchir la porte.

مهما حدث، كان على غريغور أن يدخل من الباب.

Il s'est imposé sans aucun égard pour lui-même.

لقد بذل قصارى جهده دون أي اعتبار لذاته.

Un côté de son corps fut projeté vers le haut par le mouvement.

أدى هذا التحرك إلى رفع أحد جانبي جسده للأعلى.

Et il était allongé de travers, maladroitement, dans l'embrasure de la porte.

واستلقى بشكل غير مريح وملتوٍ بين المدخل.

Un de ses flancs était à vif à cause du frottement contre le bois.

تعرض أحد جانبيه للخدش الشديد بسبب احتكاكه بالخشب.

Et il avait laissé des taches disgracieuses sur la porte peinte en blanc.

وقد ترك بقعاً قبيحة على الباب المطلي باللون الأبيض.

Les jambes d'un de ses côtés pendaient en tremblant dans le vide.

كانت ساقاه على أحد جانبيه تتدلى مرتجفة في الهواء.

Ses autres jambes étaient douloureusement enfoncées dans le sol.

كانت ساقاه الأخريان مضغوطتين على الأرض بشكل مؤلم.

Bientôt, il allait se retrouver complètement coincé entre la porte et le mur.

وسرعان ما سيجد نفسه عالقاً بين البابين تماماً.

Et alors, il n'aurait plus pu bouger du tout.

وحينها لم يكن ليتمكن من الحركة على الإطلاق.

Mais le père lui a donné une forte impulsion véritablement libératrice.

لكن الأب أعطاه دفعة قوية ومحررة حقاً.

Et il tomba, ensanglanté, loin dans sa chambre.

وسقط، ينزف بغزارة، في عمق غرفته.

Le père claqua la porte derrière lui avec sa canne.

أغلق الأب الباب خلفه بعصاه.

Et puis, enfin, le calme et la tranquillité revinrent.

وأخيراً عاد الهدوء والسكينة من جديد.

Deuxième partie

الجزء الثاني

Gregor ne s'est réveillé que bien plus tard dans la journée.

لم يستيقظ غريغور إلا في وقت متأخر من اليوم.

Le crépuscule était tombé ; il avait dormi profondément, inconsciemment.

حلّ الغسق؛ لقد نام نوماً عميقاً ودون وعي.

Il se serait réveillé même sans avoir été dérangé.

كان سيستيقظ حتى بدون أن يزعجه أحد.

Parce qu'il se sentait suffisamment reposé et avait bien dormi.

لأنه شعر بالفعل بأنه قد حصل على قسط كافٍ من الراحة والنوم الجيد.

Mais il crut entendre quelques pas furtifs à l'extérieur.

لكنه ظن أنه سمع خطوات خاطفة في الخارج.

Et quelqu'un aurait pu refermer soigneusement la porte d'entrée.

وربما يكون أحدهم قد أغلق الباب الأمامي بعناية.

La lumière du tramway électrique se projetait faiblement au plafond.

كان ضوء الترام الكهربائي خافتاً على السقف.

Le dessus du meuble a également reçu un peu de lumière.

كما حظي الجزء العلوي من الأثاث ببعض الإضاءة أيضاً.

Mais en bas, au niveau de Gregor, il faisait sombre.

لكن على الأرض، على مستوى غريغور، كان الظلام حالكاً.

Ses jambes le poussèrent lentement de nouveau vers la porte.

دفعته ساقاه ببطء نحو الباب مرة أخرى.

Il était très curieux de voir ce qui s'était passé là-bas.

كان فضولياً للغاية لمعرفة ما حدث هناك.

Mais le contrôle de ses antennes n'était pas encore développé.

لكن سيطرته على حواسه لم تكن قد تطورت بعد.

Bien qu'il ait commencé à apprécier ces nouveaux capteurs.

على الرغم من أنه بدأ يُقدّر هذه المستشعرات الجديدة.

Une longue et disgracieuse cicatrice semblait lui barrer le flanc gauche.

بدت ندبة طويلة بشعة تمتد على طول جانبه الأيسر.

La cicatrice lui donnait l'impression de contracter ce côté de son corps.

كان يشعر وكأن الندبة قد شدّت ذلك الجانب من جسده.

Il devait donc littéralement boiter en s'appuyant sur ses deux rangées de pattes.

وهكذا اضطر حرفياً إلى العرج على صفّي ساقيه.

L'une de ses jambes avait été grièvement blessée ce matin-là.

كانت إحدى ساقيه قد أصيبت بجروح خطيرة في ذلك الصباح.

C'était vraiment un miracle qu'il ne se soit pas cassé plus de jambes.

لقد كانت معجزة حقاً أنه لم يكسر المزيد من الأرجل.

Et il traîna donc sa jambe blessée, inerte, derrière lui.

وهكذا جرّ ساقه المصابة بلا حراك خلفه.

Lorsqu'il atteignit la porte, il réalisa quelque chose de profond.

عندما وصل إلى الباب أدرك شيئاً عميقاً.

C'était l'odeur de quelque chose qui l'avait attiré là.

كانت رائحة شيء ما هي التي جذبته إلى هناك.

Quelque chose de comestible avait été laissé pour Gregor dans sa chambre.

وُضِعَ شيءٌ صالحٌ للأكل لغريغور في غرفته.

Des morceaux de pain blanc flottant dans un bol de lait sucré.

قطع من الخبز الأبيض تطفو في وعاء من الحليب الحلو.

Il pouvait à peine contenir la joie qui l'habitait.

لم يستطع كبح جماح الفرح الذي كان يملأ قلبه.

Il avait encore plus faim maintenant que le matin.

كان يشعر بجوع أكبر الآن مما كان عليه في الصباح.

Il plongea aussitôt la tête dans le bol de lait.

غمس رأسه على الفور في وعاء الحليب.

Le lait lui recouvrait presque toute la tête, jusqu'aux yeux.

خرج الحليب من رأسه بالكامل تقريباً، حتى وصل إلى عينيه.

Mais il a rapidement retiré sa tête, amèrement déçu.

لكنه سرعان ما سحب رأسه إلى الوراء، وقد خاب أمله بشدة.

L'alimentation était difficile en raison de la fragilité de son côté gauche.

كان تناول الطعام صعباً بسبب حساسية جانبه الأيسر.

Et il ne pouvait manger qu'en haletant de tout son corps.

ولم يكن يستطيع أن يأكل إلا وهو يلهث بكل جسده.

Mais ce n'était pas la véritable raison de sa déception.

لكن ذلك لم يكن السبب الحقيقي لخيبة أمله.

Le lait avait toujours été l'un de ses plats préférés.

لطالما كان الحليب أحد أطباقه المفضلة.

Il ne doutait pas que sa sœur s'en souvenait.

لم يكن لديه أدنى شك في أن أخته قد تذكرت ذلك.

Et c'est pour cela qu'elle lui avait donné du lait.

وكان هذا هو السبب الذي دفعها لإعطائه الحليب.

Il n'a pas su expliquer pourquoi il n'aimait plus le lait.

لم يستطع أن يفسر سبب كرهه للحليب الآن.

Et il se détourna du bol presque à contrecœur.

وانصرف عن الوعاء وكأنه على مضض.

Déçu, il retourna en rampant au milieu de la pièce.

شعر بخيبة أمل، فزحف عائداً إلى منتصف الغرفة.

De là, il pouvait voir à travers la fente de la porte.

وهنا تمكن من الرؤية من خلال الشق الموجود في الباب.

Il pouvait voir que le feu était allumé dans le salon.

كان بإمكانه أن يرى أن النار مشتعلة في غرفة المعيشة.

Habituellement, à cette heure-ci, le père lisait le journal.

عادة ما كان الأب يقرأ الصحيفة في هذا الوقت.

Il avait toujours l'habitude de lire à sa mère à voix haute.

كان دائماً يقرأ للأم بصوت عالٍ.

Parfois, la sœur écoutait aussi les conversations du père.

في بعض الأحيان كانت الأخت تستمع أيضاً إلى حديث الأب.

Elle avait toujours parlé à Gregor de ces lectures à voix haute.

لطالما أخبرت غريغور عن هذه القراءة بصوت عالٍ.

Mais aujourd'hui, aucun son ne provenait de la pièce.

لكن اليوم لم يصدر أي صوت من الغرفة.

Peut-être cette habitude s'était-elle déjà perdue.

ربما تكون هذه العادة قد اندثرت بالفعل.

Un silence profond s'était installé dans tout l'appartement.

ساد صمت عميق أرجاء الشقة بأكملها.

Bien qu'il sût que l'appartement n'était certainement pas vide.

مع أنه كان يعلم أن الشقة لم تكن خالية بالتأكيد.

« Quelle vie tranquille mène cette famille », pensa Gregor.

"يا لها من حياة هادئة تعيشها العائلة"، هكذا فكر غريغور.

Et il fixa l'obscurité avec une grande fierté.

وحدق في الظلام بكبرياء عظيم.

Il était fier de la vie qu'il avait pu leur offrir.

كان فخوراً بالحياة التي استطاع أن يمنحها لهم.

Il était fier du bel appartement qu'ils occupaient.

كان فخوراً بالشقة الجميلة التي كانوا يعيشون فيها.

Mais cette paix était-elle sur le point de connaître une fin tragique ?

لكن هل كان كل هذا السلام على وشك أن ينتهي نهاية مروعة؟

Allait-on leur ravir leur prospérité ?

هل سيُسلب منهم رخاؤهم؟

Leur bonheur était-il désormais incertain pour l'avenir ?

هل أصبح رضاهم غير مؤكد في المستقبل؟

Mais il ne voulait pas se perdre dans de telles pensées.

لكنه لم يرغب في أن يغرق في مثل هذه الأفكار.

Pour s'occuper, il grimpait et descendait les murs.

ولإشغال نفسه، كان يزحف صعوداً وهبوطاً على الجدران.

Durant cette longue soirée, une porte était entrouverte.

خلال الأمسية الطويلة، فُتح أحد الأبواب قليلاً.

Et à un autre moment, l'autre porte s'ouvrit légèrement.

وفي وقت آخر انفتح الباب الآخر قليلاً.

Mais à chaque fois, les portes se sont refermées aussitôt.

لكن في كلتا المرتين، أُغلقت الأبواب بسرعة مرة أخرى.

De toute évidence, quelqu'un à l'extérieur souhaitait entrer.

من الواضح أن شخصًا ما من الخارج كان لديه الرغبة في الدخول.

Mais ils avaient aussi trop d'inquiétudes à l'idée de venir.

لكن كان لديهم أيضاً الكثير من المخاوف بشأن الدخول.

Gregor s'arrêta alors net devant la porte du salon.

توقف غريغور الآن مباشرة عند باب غرفة المعيشة.

Il était déterminé à trouver un moyen de tenter le visiteur hésitant.

كان مصمماً على إغراء الزائر المتردد بطريقة أو بأخرى.

Il voulait aussi savoir qui était le visiteur.

وأراد أيضاً أن يعرف من كان الزائر.

Mais ce soir-là, la porte ne fut pas ouverte une troisième fois.

لكن في ذلك المساء لم يُفتح الباب للمرة الثالثة.

Et Gregor passa son temps à attendre en vain près de la porte.

وأمضى غريغور وقته ينتظر عند الباب عبثاً.

Plus tôt dans la journée, ils avaient tous voulu entrer dans la pièce.

في وقت سابق من ذلك اليوم، أرادوا جميعًا الدخول إلى الغرفة.

Maintenant que les portes étaient déverrouillées, ce serait plus facile pour eux.

الآن وقد أصبحت الأبواب مفتوحة، سيكون الأمر أسهل بالنسبة لهم.

Mais ils ont choisi de rester de l'autre côté de la pièce.

لكنهم اختاروا البقاء على الجانب الآخر من الغرفة.

Gregor remarqua que les clés n'étaient plus dans leurs serrures.

لاحظ غريغور أن المفاتيح لم تعد في أقفالها.

Quelqu'un a dû déplacer les clés vers la serrure extérieure.

لا بد أن أحدهم قد نقل المفاتيح إلى القفل الخارجي.

Ce n'est que tard dans la nuit que la lumière du salon était éteinte.

لم يتم إطفاء ضوء غرفة المعيشة إلا في وقت متأخر من الليل.

La famille a dû rester éveillée tout ce temps.

لا بد أن العائلة ظلت مستيقظة طوال الوقت.

Et Gregor pouvait clairement les entendre s'éloigner sur la pointe des pieds.

وكان بإمكان غريغور أن يسمعهم بوضوح وهم يبتعدون على أطراف أصابعهم.

Désormais, personne n'allait venir voir Gregor avant le lendemain matin.

الآن لن يأتي أحد إلى غريغور حتى الصباح.

Il eut donc tout le temps d'être seul, de réfléchir en toute tranquillité.

لذلك كان لديه وقت طويل لنفسه، ليفكر دون إزعاج.

Quelle serait la meilleure façon de réorganiser sa vie maintenant ?

ما هي أفضل طريقة لإعادة تنظيم حياته الآن؟

Mais les hauts murs de la pièce vide l'effrayaient.

لكن الجدران العالية للغرفة الفارغة أخافته.

Il n'avait pas d'autre choix que de s'allonger à plat ventre sur le sol.

لم يكن أمامه خيار سوى أن يستلقي على الأرض.

Et il n'a jamais trouvé la cause de sa peur dans cet espace.

ولم يجد أبدّا سبب خوفه في ذلك المكان.

C'était la même pièce où il avait vécu pendant cinq ans.

كانت نفس الغرفة التي عاش فيها لمدة خمس سنوات.

Semi-consciemment, il fit un mouvement vers le canapé.

قام بحركة نحو الأريكة بشكل شبه واعٍ.

Et sans aucune honte, il se cacha sous le canapé.

وبدون أي خجل اختبأ تحت الأريكة.

Là-bas, il se sentit immédiatement de nouveau très à l'aise.

هناك في الأسفل شعر بالراحة التامة مرة أخرى على الفور.

Bien que son dos soit un peu comprimé.

على الرغم من أن ظهره كان مضغوطاً قليلاً.

Il ne pouvait plus non plus lever la tête sous le canapé.

لم يعد بإمكانه رفع رأسه تحت الأريكة أيضاً.

Mais même cela, il préférait éviter de se trouver dans un espace ouvert.

لكن حتى هذا كان يفضله على التواجد في أي منطقة مفتوحة.

Il regrettait toutefois que son corps soit si large.

لكنه ندم على أن جسده كان عريضاً جداً.

Le canapé ne pouvait pas recouvrir entièrement son corps.

لم تستطع الأريكة أن تغطي جسده بالكامل.

Il est resté sous le canapé toute la nuit.

بقي تحت الأريكة طوال الليل.

Il passa la nuit à moitié endormi, troublé par sa faim.

قضى الليلة نصف نائم، وقد أزعجه جوعه.

Et le temps qu'il passait éveillé, il le consacrait soit à s'inquiéter, soit à espérer.

أما الوقت الذي كان يقضيه مستيقظاً فكان إما قلقاً أو متفائلاً.

Mais tous ses vagues espoirs menaient à la même conclusion.

لكن كل آماله الغامضة أدت إلى نفس النتيجة.

Il n'avait d'autre choix que de rester silencieux pour le moment.

لم يكن أمامه خيار سوى التزام الصمت في الوقت الراهن.

Il devait faire preuve de patience et de considération envers la famille.

كان عليه أن يُظهر الصبر والمراعاة تجاه العائلة.

C'était le seul moyen de rendre ce désagrément supportable.

كانت تلك هي الطريقة الوحيدة لجعل الإزعاج محتملاً.

Le désagrément qu'il imposait désormais à la famille.

الإزعاج الذي كان يفرضه الآن على العائلة.

Il n'a pas eu à attendre longtemps pour prouver sa compassion.

لم يكن عليه أن ينتظر طويلاً ليثبت تعاطفه.

Tôt le matin, sa sœur jeta un coup d'œil dans sa chambre.

في الصباح الباكر، نظرت الأخت إلى غرفته.

En réalité, c'était autant la nuit que le matin.

مع أن الوقت كان ليلاً بقدر ما كان صباحاً.

Elle était entièrement habillée et semblait éprouver de l'excitation.

كانت ترتدي ملابسها كاملة، وبدا عليها الحماس.

La solidité de sa décision nouvellement prise pourrait être mise à l'épreuve.

قد يتم اختبار مدى قوة قراره الجديد.

Elle ne l'a pas immédiatement repéré au premier coup d'œil.

لم تجده على الفور بنظرتها الأولى.

Il devait forcément être quelque part ; il n'aurait pas pu s'envoler.

كان لا بد أن يكون في مكان ما؛ لم يكن بإمكانه أن يطير بعيدًا.

Puis son regard parcourut une seconde fois la pièce.

لكن بعد ذلك ألقت نظرة ثانية على الغرفة.

Et cette fois, elle a aperçu son torse sous le canapé.

وفي هذه المرة رأت جذعه تحت الأريكة.

Elle était si effrayée qu'elle a perdu tout contrôle d'elle-même.

كانت خائفة للغاية لدرجة أنها فقدت السيطرة على نفسها تماماً.

Et sa première réaction fut de claquer la porte à nouveau.

وكان رد فعلها الأول هو إغلاق الباب بقوة مرة أخرى.

Mais elle a aussi semblé immédiatement regretter son comportement.

لكنها بدت أيضاً نادمة على سلوكها على الفور.

Aussitôt qu'elle eut claqué la porte, elle la rouvrit.

ما إن أغلقت الباب بقوة حتى فتحته مرة أخرى.

Et cette fois, elle entra dans la pièce sur la pointe des pieds.

وهذه المرة دخلت الغرفة على أطراف أصابعها برفق.

Elle se déplaçait comme si elle rendait visite à une personne gravement malade.

كانت تتحرك كما لو كانت تزور شخصًا مريضًا بشدة.

Ou bien elle rendait visite à un parfait inconnu.

أو ربما كانت تزور شخصاً غريباً تماماً.

Gregor poussa sa tête presque jusqu'au bord du canapé.

دفع غريغور رأسه حتى كاد يلامس حافة الأريكة.

Et, caché sous le coffre-fort, il l'observait dans la pièce.

ومن تحت الخزنة راقبها في الغرفة.

Allait-elle remarquer qu'il avait oublié le lait ?

هل كانت ستلاحظ أنه ترك الحليب؟

Il n'avait pas laissé le lait par manque de faim.

لم يترك الحليب بسبب نقص الجوع.

Allait-elle lui apporter un autre plat ?

هل كانت ستُحضر له طعاماً مختلفاً بدلاً من ذلك؟

Peut-être un plat qui corresponde mieux à ses goûts.

ربما طبق يناسب ذوقه بشكل أفضل.

Mais elle aurait dû remarquer elle-même son appétit.

لكن كان عليها أن تلاحظ شهيته بنفسها.

Il aurait préféré mourir de faim plutôt que de lui en parler.

كان يفضل الموت جوعاً على أن يجعلها تدرك ذلك.

En réalité, il aurait beaucoup aimé le lui dire.

في الحقيقة، كان يرغب بشدة في إخبارها.

Il était vraiment tenté de tirer sur lui depuis sous le canapé.

كان يشعر برغبة شديدة في إطلاق النار من تحت الأريكة.

Il avait envie de se jeter aux pieds de sa sœur.

أراد أن يلقي بنفسه عند قدمي أخته.

Et il voulait lui demander quelque chose de bon à manger.

وأراد أن يطلب منها شيئاً جيداً ليأكله.

Mais la sœur regarda alors le bol de lait.

لكن بعد ذلك نظرت الأخت نحو وعاء الحليب.

Elle remarqua aussitôt que le bol était encore plein.

لاحظت على الفور أن الوعاء لا يزال ممتلئاً.

Elle était plutôt surprise que Gregor n'ait rien mangé.

لقد فوجئت إلى حد ما بأن غريغور لم يأكل شيئاً.

Seul un peu de lait avait été renversé sur le sol.

لم ينسكب على الأرض سوى القليل من الحليب.

Elle a aussitôt ramassé le bol et l'a emporté.

أمسكت بالوعاء على الفور، وحملته إلى الخارج.

Il vit qu'elle ne ramassait pas le bol à mains nues.

لاحظ أنها لم تلتقط الوعاء بيديها العاريتين.

Au lieu de cela, elle ramassa le bol à l'aide d'un des chiffons.

بدلاً من ذلك، التقطت الوعاء باستخدام إحدى قطع القماش.

Mais Gregor oublia très vite ce petit détail.

لكن غريغور سرعان ما نسي هذه التفاصيل البسيطة.

Il était désormais beaucoup plus enthousiaste à propos d'autre chose.

أصبح الآن أكثر حماساً لشيء آخر.

Qu'est-ce qu'elle pourrait apporter à la place du lait ?

ما الذي قد تحضره كبديل للحليب؟

Il avait diverses idées sur ce qu'elle pourrait apporter.

كانت لديه أفكار مختلفة حول ما قد تحضره معها.

Mais la gentillesse de sa sœur a dépassé ses espérances.

لكن لطف أُخته فاق توقعاته.

Elle comprit qu'elle devait tester ses nouveaux goûts.

أدركت أنها مضطرة لاختبار ما هي أذواقه الجديدة.

Elle a donc apporté toute une sélection de plats différents.

لذا أحضرت تشكيلة كاملة من الأطعمة المختلفة.

Légumes à moitié pourris, os du repas du soir.

خضراوات نصف متعفنة، وعظام من وجبة العشاء.

De la sauce solidifiée provenant de leur autre repas.

صلصة متصلبة من الوجبة الأخرى التي تناولوها.

Quelques raisins secs, des amandes, du pain sec, du pain beurré.

بعض الزبيب، وبعض اللوز، وخبز جاف، وخبز بالزبدة.

Du pain beurré et salé.

بعض الخبز الذي تم دهنه بالزبدة وتمليحه أيضاً.

Du fromage que Gregor avait déclaré immangeable il y a deux jours.

الجبن الذي أعلن غريغور أنه غير صالح للأكل قبل يومين.

Toute cette sélection de nourriture était disposée sur un journal.

تم وضع كل هذه التشكيلة من الطعام على صحيفة.

Elle a également placé un bol d'eau à côté de ses repas.

كما وضعت وعاءً من الماء بجانب وجباته.

Elle savait que Gregor n'aurait pas mangé devant elle.

كانت تعلم أن غريغور لم يكن ليأكل أمامها.

Par respect pour lui, elle quitta de nouveau la pièce.

لذا، احتراماً له، غادرت الغرفة مرة أخرى.

Et elle a même tourné la clé dans la serrure en partant.

بل إنها قامت بتدوير المفتاح في القفل وهي تغادر.

Mais elle tourna la clé très doucement et avec précaution.

لكنها أدارت المفتاح بهدوء وحذر شديدين.

De cette façon, seul Gregor saurait que la porte était verrouillée.

وبهذه الطريقة لن يعرف أحد سوى غريغور أن الباب مغلق.

Il pouvait désormais s'installer aussi confortablement qu'il le souhaitait.

الآن بإمكانه أن يجعل نفسه مرتاحاً كما يشاء.

Les jambes de Gregor s'agitaient frénétiquement à l'heure du repas.

كانت ساقا غريغور تتحركان بسرعة عندما حان وقت تناول الطعام.

Il est à noter qu'il ne ressentait plus aucune gêne.

والجدير بالذكر أنه لم يعد يشعر بأي انزعاج.

Ses blessures doivent déjà être complètement guéries.

لا بد أن جروحه قد شفيت تماماً بالفعل.

Parce qu'il ne ressentait plus ses anciens handicaps.

لأنه لم يعد يشعر بإعاقاته السابقة.

Sa nouvelle capacité de guérison le surprit et l'émerveilla.

أدهشته قدرته الجديدة على الشفاء وأثارت دهشته.

Il y a plus d'un mois, il s'est coupé le doigt avec un couteau.

قبل أكثر من شهر، جرح إصبعه بسكين.

Il y a encore deux jours, cette blessure le faisait souffrir.

وحتى قبل يومين، كان ذلك الجرح لا يزال يؤلمه.

« Suis-je beaucoup moins sensible maintenant ? » pensa-t-il.

"هل أصبحت أقل حساسية الآن؟" فكر في نفسه.

À ce moment-là, il suçait déjà goulûment le fromage.

كان قد بدأ بالفعل في مص الجبن بشراهة.

Il était plus attiré par le fromage que par les autres aliments.

كان ينجذب إلى الجبن أكثر من الطعام الآخر.

Il mangeait rapidement un morceau de fromage après
l'autre.

أكل بسرعة قطعة جبن تلو الأخرى.

Ses yeux s'embuèrent de satisfaction à la vue de ce goût.

دمعت عيناه من شدة الرضا عند تذوقه.

Après le fromage, il mangea les légumes et la sauce.

بعد الجبن، تناول الخضار والصلصة.

Cependant, les aliments frais ne lui plaisaient pas.

لكن الطعام الطازج لم يكن مذاقه جيداً بالنسبة له.

En fait, il ne supportait même pas l'odeur des aliments frais.

في الحقيقة، لم يكن يطيق حتى رائحة الطعام الطازج.

Il a même éloigné les autres aliments des aliments frais.

بل إنه سحب الطعام الآخر بعيدًا عن الطعام الطازج.

Et il a très vite terminé la nourriture la plus comestible.

وسرعان ما أنهى تناول الطعام الأكثر صلاحية.

Tous ces mets délicieux avaient un effet soporifique sur lui.

كان لكل الطعام اللذيذ تأثير منوم عليه.

Et il s'allongea paresseusement à l'endroit où il avait mangé.

واستلقى بكسل في المكان الذي كان قد أكل فيه.

Finalement, sa sœur est revenue prendre de ses nouvelles.

وفي النهاية عادت أخته لتطمئن عليه مرة أخرى.

Elle a eu la prévoyance de tourner la clé très lentement.

كان لديها بعد نظر كافٍ لتدير المفتاح ببطء شديد.

Cela a averti Gregor qu'il devait se retirer.

هذا الأمر شكّل تحذيراً لغريغور بضرورة الانسحاب.

Étourdi et surpris, il se précipita sous le canapé.

مذهولاً ومرتبكاً، عاد مسرعاً إلى أسفل الأريكة.

Mais rester sous le canapé n'était pas si facile cette fois-ci.

لكن البقاء تحت الأريكة لم يكن سهلاً هذه المرة.

Son corps s'était un peu arrondi à cause de toute cette nourriture.

أصبح جسده مستديراً قليلاً بسبب كثرة الطعام.

Et il devait se retenir pour ne pas s'épuiser à nouveau.

وكان عليه أن يضبط نفسه حتى لا ينفد منه السائل مرة أخرى.

Même si la sœur n'est pas restée longtemps dans la chambre.

على الرغم من أن الأخت لم تمكث طويلاً في الغرفة.

Il avait du mal à respirer dans cet espace étroit.

كان يكافح من أجل التنفس تحت تلك المساحة الضيقة.

Mais il a surmonté ces petites crises d'étouffement.

لكنه واصل الصمود رغم نوبات الاختناق البسيطة.

Les yeux exorbités, il observait les agissements de sa sœur.

راقب تصرفات أخته بعيون جاحظة.

La sœur, sans se douter de rien, a tout versé dans un seau.

قامت الأخت غير المدركة للأمر بسكب كل شيء في دلو.

Elle s'est non seulement débarrassée de la nourriture que Gregor n'avait pas mangée, mais elle l'a fait.

لم تكتفِ بالتخلص من الطعام الذي لم يأكله غريغور.

Mais elle jetait aussi la nourriture qu'il n'avait pas touchée.

لكنها كانت تتخلص أيضاً من الطعام الذي لم يلمسه.

Apparemment, cet aliment n'était plus comestible pour personne.

يبدو أن ذلك الطعام لم يعد صالحاً للأكل لأي شخص.

Elle referma ensuite le seau à nourriture avec un couvercle en bois.

ثم أغلقت دلو الطعام بغطاء خشبي.

Et avec la nourriture, le seau et la serpillière, elle est partie.

ثم غادرت ومعها الطعام والدلو والممسحة.

Gregor n'aurait pas pu attendre beaucoup plus longtemps.

لم يكن بإمكان غريغور الانتظار لفترة أطول من ذلك.

Dès qu'elle fut partie, il s'échappa de sous le canapé.

ما إن غادرت حتى هرب من تحت الأريكة.

Il s'étira et souffla de soulagement.

ثم تمدد وتنفس الصعداء بارتياح.

C'est ainsi que Gregor recevait de la nourriture de temps à autre.

هكذا كان غريغور يتلقى الطعام بين الحين والآخر من الآن فصاعدًا.

Sa sœur lui a donné à manger une fois, tôt le matin.

أعطته أخته الطعام مرة واحدة في الصباح الباكر.

À cette heure-ci, les parents et la bonne dormaient encore.

في هذه الساعة كان الوالدان والخادمة لا يزالون نائمين.

Et il a reçu un deuxième repas après le déjeuner de tout le monde.

وتلقى وجبة ثانية بعد أن تناول الجميع الغداء.

Car à ce moment-là, les parents dormaient aussi un peu.

لأن الوالدين كانا ينامان لفترة من الوقت في ذلك الوقت أيضاً.

Et la servante fut envoyée par la sœur faire une course.

وأرسلت الأخت الخادمة في مهمة ما.

Ils n'avaient certainement aucune intention de laisser Gregor mourir de faim.

بالتأكيد لم تكن لديهم أي نية لتجويع غريغور.

Mais ils n'auraient pas voulu le regarder manger non plus.

لكنهم لم يكونوا ليرغبوا في مشاهدته وهو يأكل أيضاً.

Les informations fournies par la sœur étaient suffisantes.

ما ذكرته الأخت كان كافياً من المعلومات.

C'était peut-être sa façon d'épargner aux parents leur chagrin.

ربما كانت هذه طريقتها لتجنيب الوالدين الحزن.

Ils avaient déjà suffisamment souffert de ses actes.

لقد عانوا بما فيه الكفاية بالفعل من أفعاله.

Le premier jour s'estompait peu à peu dans les mémoires.

بدأ اليوم الأول يتحول تدريجياً إلى ذكرى بعيدة.

Gregor n'avait aucun moyen de savoir ce qui s'était passé ce jour-là.

لم يكن لدى غريغور أي وسيلة لمعرفة ما حدث في ذلك اليوم.

Comment le serrurier a-t-il été conduit hors de l'appartement ?

كيف تم إخراج صانع الأقفال من الشقة؟

Quelles excuses ont finalement satisfait le médecin ?

بأي أعذار اقتنع الطبيب في النهاية؟

Il n'avait trouvé aucun moyen de se faire comprendre.

لم يجد طريقة لجعل نفسه مفهوماً.

Il n'a même pas réussi à communiquer avec sa sœur.

لم يتمكن حتى من التواصل مع أخته.

Ils en conclurent donc qu'il ne pouvait pas les comprendre.

ولذلك ظنوا أنه لا يستطيع فهمهم.

C'est pourquoi aucun effort ne fut fait pour lui parler.

ولذلك لم تُبذل أي محاولة للتحدث إليه.

Sa sœur venait dans sa chambre tous les matins et à midi.

كانت أخته تدخل غرفته كل صباح ووقت الغداء.

Mais il devait se contenter d'entendre ses soupirs.

لكن كان عليه أن يكتفي بسماع تنهداتها.

Plus tard, elle s'est un peu plus habituée à la forme de Gregor.

وفي وقت لاحق، اعتادت قليلاً على شكل غريغور.

Et elle se sentait un peu plus libre de faire davantage de remarques.

وشعرت بمزيد من الحرية للإدلاء بمزيد من التصريحات.

(Même si elle ne s'y habituerait jamais complètement.)

)مع أنها لن تعتاد عليه تماماً أبداً.(

Et puis Gregor eut de nouveau l'impression qu'on lui parlait un peu plus.

ثم شعر غريغور بأنه قد تم التحدث إليه مرة أخرى.

Et il a perçu ce qu'il considérait comme des commentaires amicaux.

وسمع ما اعتبره تعليقات ودية.

"Il a apprécié son repas aujourd'hui", ou "il a tout mangé".

"لقد استمتع بطعامه اليوم"، أو "لقد أكل كل شيء."

Mais cela n'arrivait que lorsqu'il avait fini de manger.

لكن ذلك لم يحدث إلا بعد أن انتهى من تناول طعامه بالكامل.

Mais récemment, cela devenait de plus en plus rare.

لكن هذا أصبح نادر الحدوث بشكل متزايد في الآونة الأخيرة.

« Il touchait à peine à sa nourriture », disait-elle plus souvent maintenant.

"بالكاد كان يلمس طعامه"، قالت ذلك في كثير من الأحيان الآن.

Et il y avait une pointe de tristesse dans sa voix à chaque fois.

وكان هناك مسحة من الحزن في صوتها في كل مرة.

Gregor ne pouvait entendre aucune autre nouvelle plus directement.

لم يستطع غريغور سماع أي أخبار أخرى بشكل مباشر.

Mais il a entendu beaucoup de choses se dire dans les pièces voisines.

لكنه سمع الكثير من الأخبار من الغرف المجاورة.

Lorsqu'il a entendu des voix, il a couru vers la porte correspondante.

عندما سمع أصواتاً، ركض إلى الباب المقابل.

Et il a plaqué tout son corps contre la porte pour entendre.

وضغط بجسده كله على الباب ليسمع.

Toutes les conversations le concernaient d'une manière ou d'une autre.

كانت جميع المحادثات تخصه بطريقة أو بأخرى.

Même lorsque le sujet semblait porter sur autre chose.

حتى عندما يبدو أن الموضوع يدور حول شيء آخر.

Cette observation était particulièrement vraie au début.

وقد كانت هذه الملاحظة صحيحة بشكل خاص في الأيام الأولى.

À chaque repas, ils répétaient la même discussion.

كانوا يكررون نفس النقاش خلال كل وجبة.

Ils ne savaient toujours pas comment se comporter en sa présence.

كانوا لا يزالون غير متأكدين من كيفية التصرف حوله.

Mais le même sujet a également été abordé entre les repas.

لكن الموضوع نفسه نوقش أيضاً بين الوجبات.

Parce qu'il y avait toujours deux membres de la famille à la maison.

لأن هناك دائماً فردين من العائلة في المنزل.

Personne ne voulait rester seul à la maison.

لم يرغب أحد في البقاء في المنزل بمفرده.

Mais laisser l'appartement vide était également hors de question.

لكن ترك الشقة فارغة كان أمراً مستحيلاً أيضاً.

La femme de ménage était la seule à ne pas être attachée à l'appartement.

كانت الخادمة هي الوحيدة غير المرتبطة بالشقة.

Elle avait déjà demandé à partir dès le premier jour.

لقد طلبت المغادرة في اليوم الأول.

Elle s'est agenouillée et a supplié qu'on la renvoie.

ركعت على ركبتيها وتوسلت أن يتم صرفها.

La famille ignorait l'étendue des connaissances de la bonne.

لم تكن العائلة تعرف مدى معرفة الخادمة بالأمر.

À ce stade, elle n'en avait pas vu plus que quiconque.

في تلك المرحلة، لم تكن قد رأت أكثر من أي شخص آخر.

Ce qui s'était passé restait un mystère pour la famille.

ما حدث لا يزال لغزاً بالنسبة للعائلة.

Mais un quart d'heure plus tard, elle fit ses adieux.

لكن بعد ربع ساعة ودعتهم.

Et elle a remercié la famille, les larmes aux yeux.

وشكرت العائلة والدموع تملأ عينيها.

Mais en réalité, elle les remerciait de l'avoir libérée.

لكنها في الحقيقة شكرتهم على إطلاق سراحها.

Ils semblaient lui avoir témoigné la plus grande bienveillance.

يبدو أنهم أظهروا لها أقصى درجات اللطف.

Elle a même prêté serment, sans qu'on le lui demande.

بل إنها أقسمت يميناً دون أن يُطلب منها ذلك.

Elle a dit qu'elle ne dirait à personne ce qui s'était passé.

وقالت إنها لن تخبر أحداً بما حدث.

Désormais, la sœur devait cuisiner avec sa mère.

والآن، بات على الأخت أن تطبخ مع والدتها.

Mais ce n'était pas vraiment un inconvénient majeur.

لكن هذا لم يكن مزعجاً للغاية.

Parce que de toute façon, ils n'avaient presque rien mangé tous les deux.

لأنهما لم يأكلا شيئاً تقريباً على أي حال.

Gregor surprenait sans cesse la même conversation.

سمع غريغور نفس المحادثة مراراً وتكراراً.

L'un disait à l'autre qu'il devait manger davantage.

كان أحد الأشخاص يقول للآخر إنه يجب أن يأكل أكثر.

Mais cette personne n'a reçu aucune réponse de son interlocuteur.

لكن ذلك الشخص لم يتلق أي رد من ذلك الشخص.

« Merci, j'en ai assez », ou quelque chose de similaire.

"شكراً لك، لدي ما يكفي"، أو شيء مشابه.

Peut-être qu'eux non plus ne buvaient plus rien.

ربما لم يعودوا يشربون أي شيء أيضاً.

Sa sœur demandait souvent à son père s'il voulait de la bière.

كثيراً ما كانت الأخت تسأل والدها عما إذا كان يريد بيرة.

Et elle a proposé chaleureusement d'aller chercher la bière elle-même.

وعرضت بحرارة أن تحضر البيرة بنفسها.

Le père gardait toujours le silence à sa demande.

كان الأب يلتزم الصمت دائماً بناءً على طلبها.

La sœur devait donc trouver un moyen de dissiper tout doute.

لذا كان على الأخت أن تجد طريقة لإزالة أي شك.

Et elle a dit qu'elle enverrait la bonne chercher de la bière.

وقالت إنها سترسل الخادمة لإحضار بعض البيرة.

Mais finalement, le père a dit un grand « non » retentissant.

لكن الأب قال في النهاية بصوت مدوٍّ: "لا."

Puis, on n'a plus évoqué le fait qu'il boive une bière.

ثم لم يعد يتم التطرق إلى موضوع تناوله البيرة.

Il avait déjà expliqué la situation financière auparavant.

لقد شرح الوضع المالي من قبل.

En fait, il a évoqué les finances dès le premier jour.

في الواقع، لقد ذكر الأمور المالية في اليوم الأول.

Il leur a bien fait comprendre quelles étaient les perspectives.

لقد أوضح لهم جيداً ما هي الاحتمالات.

Sa propre entreprise avait fait faillite il y a environ cinq ans.

انهار عمله الخاص قبل حوالي خمس سنوات.

De temps en temps, il se levait pour quitter la table.

كان ينهض بين الحين والآخر ليغادر الطاولة.

Et il se dirigea vers la caisse de son ancien commerce.

ثم ذهب إلى صندوق النقود في متجره القديم.

Il avait conservé la caisse enregistreuse par sentimentalisme.

لقد احتفظ بصندوق النقود بدافع العاطفة.

Gregor l'entendit déverrouiller une serrure lourde et complexe.

سمع غريغور صوته وهو يفتح قفلاً ثقيلاً ومعقداً.

Et il sortit des reçus et des livres de comptes de la caisse.

ثم أخرج الإيصالات والكتب من صندوق النقود.

Après avoir pris les objets, il a refermé la caisse à clé.

بعد أن أخذ الأشياء، أغلق صندوق النقود مرة أخرى.

Gregor n'avait entendu aucune bonne nouvelle depuis son emprisonnement.

لم يسمع غريغور أي أخبار سارة منذ سجنه.

Il pensait que l'entreprise avait ruiné son père.

كان يعتقد أن العمل قد أفلس والده.

Le père avait certainement donné cette impression à Gregor.

لقد أعطى الأب غريغور هذا الانطباع بالتأكيد.

Et Gregor ne lui a plus jamais posé de questions sur les finances.

ولم يسأله غريغور بعد ذلك عن الأمور المالية.

Gregor voulait faire tout son possible pour aider la famille.

أراد غريغور أن يفعل كل ما في وسعه لمساعدة العائلة.

Il voulait les aider à oublier leurs difficultés financières.

أراد مساعدتهم على نسيان المصيبة التي ألمّت بهم في العمل.

La faillite qui a engendré un désespoir total.

الإفلاس الذي أدى إلى اليأس التام.

Il s'est donc mis à travailler avec une passion toute particulière.

لذلك بدأ العمل بشغف خاص للغاية.

Il était devenu représentant de commerce itinérant presque du jour au lendemain.

لقد أصبح بائعاً متجولاً بين عشية وضحاها تقريباً.

Avant cela, il n'avait travaillé que comme commis mal payé.

قبل ذلك، كان يعمل ككاتب بأجر زهيد.

Il avait désormais des opportunités de gains complètement différentes.

الآن لديه فرص ربح مختلفة تماماً.

Les ventes réussies pouvaient être immédiatement converties en liquidités.

يمكن تحويل المبيعات الناجحة إلى نقد على الفور.

L'argent étant bien sûr versé sur ses commissions.

وبالطبع، يتم دفع الأموال من عمولاته.

Désormais, Gregor pouvait mettre de l'argent sur la table familiale.

أصبح غريغور الآن قادراً على توفير المال لعائلته.

Et ils étaient étonnés et ravis de ses gains.

وقد اندهشوا وسعدوا بما حققه من أرباح.

Mais ces beaux moments ne se reproduiront plus.

لكن تلك الأوقات الجميلة لن تتكرر مرة أخرى.

Ils commençaient tout juste à s'habituer à cette période faste.

لقد اعتادوا للتو على هذه الأوقات الجميلة.

À chaque paie, la famille acceptait l'argent avec gratitude.

في كل يوم صرف رواتب، كانت العائلة تقبل المال بامتنان.

Et Gregor était tout aussi heureux de remettre l'argent.

وكان غريغور سعيداً بنفس القدر بتسليم المال.

Mais la chaleureuse affection qu'elle suscitait en retour s'est peu à peu éteinte.

لكنّ المودة الدافئة التي قُدّمت في المقابل تلاشت تدريجياً.

Seule sa sœur restait aussi proche de Gregor qu'auparavant.

لم يبقَ من غريغور سوى أخته التي بقيت قريبة منه كما كانت من قبل.

Elle, contrairement à Gregor, avait une profonde appréciation pour la musique.

على عكس غريغور، كانت لديها تقدير عميق للموسيقى.

Et elle savait jouer du violon d'une manière très touchante.

وكانت تعرف كيف تعزف على الكمان بطريقة مؤثرة للغاية.

Gregor avait secrètement prévu de l'envoyer dans une école de musique.

كان غريغور يخطط سراً لإرسالها إلى مدرسة الموسيقى.

Il n'avait pas encore décidé comment il réglerait les dépenses.

لم يكن قد قرر بعد كيف سيدفع النفقات.

Mais d'une manière ou d'une autre, il couvrirait les frais.

لكنه سيغطي التكاليف بطريقة أو بأخرى.

De temps en temps, Gregor et sa famille partaient en courts séjours.

كان غريغور وعائلته يذهبون أحياناً في رحلات قصيرة.

Gregor et sa sœur abordaient souvent ce sujet.

كثيراً ما كان غريغور وأخته يثيران هذا الموضوع.

Mais cela n'a jamais été évoqué que comme une idée merveilleuse.

لكن لم يتم ذكرها إلا كفكرة رائعة.

Ils ne croyaient pas vraiment que ce rêve puisse se réaliser.

لم يكونوا يؤمنون حقاً بإمكانية تحقيق الحلم.

Et les parents n'appréciaient pas de telles ambitions fantaisistes.

ولم يعجب الآباء بهذه الطموحات الخيالية.

Même lorsque le sujet a été abordé de manière tout à fait innocente.

حتى عندما يتم طرح الموضوع ببراءة تامة.

Mais Gregor continuait de penser à l'école de musique.

لكن غريغور استمر في التفكير في مدرسة الموسيقى.

Et il prévoyait d'annoncer le cadeau la veille de Noël.

وكان يخطط للإعلان عن الهدية عشية عيد الميلاد.

Bien sûr, dans son état actuel, ce serait impossible.

بالطبع، في حالته الحالية سيكون ذلك مستحيلاً.

Mais ce genre de pensées lui traversait l'esprit.

لكن مثل هذه الأفكار كانت تدور في رأسه.

Et telles étaient les pensées qui lui traversaient l'esprit en écoutant sa famille.

وخطر بباله مثل هذه الأفكار وهو يستمع إلى العائلة.

Parfois, il était trop fatigué pour continuer à les écouter.

في بعض الأحيان كان يشعر بالتعب الشديد لدرجة أنه لم يعد قادراً على الاستمرار في الاستماع إليهم.

Sa tête s'est affaissée contre la porte, rongée par la fatigue.

سقط رأسه على الباب من شدة التعب.

Mais il appuya aussitôt de nouveau sa tête contre la porte.

لكنه سرعان ما وضع رأسه على الباب مرة أخرى.

Car même le moindre bruit s'entendait à l'extérieur.

لأنه حتى أدنى صوت يمكن سماعه في الخارج.

Et le moindre bruit qu'il faisait plongeait la famille dans le silence.

وأي ضجيج يصدره كان يجعل العائلة تصمت.

« Que fait-il maintenant ? » demanda le père à sa famille.

سأل الأب العائلة: "ماذا يفعل الآن؟"

Il alla à la porte pour vérifier d'où venait le bruit.

وذهب إلى الباب ليتحقق من مصدر الضوضاء.

Puis la conversation interrompue a repris progressivement.

ثم استؤنفت المحادثة المتقطعة تدريجياً.

Mais les paroles du père ont agréablement surpris tout le monde.

لكن ما قاله الأب فاجأ الجميع إيجاباً.

Gregor apprit alors la véritable situation financière.

علم غريغور الآن بالوضع المالي الحقيقي.

Malgré tous ces malheurs, il y a eu aussi un peu de chance.

على الرغم من كل المصائب، كان هناك بعض الحظ الجيد.

Une petite fortune d'antan était encore là.

لا تزال هناك ثروة صغيرة جداً من الأيام الخوالي.

Le père a expliqué les choses, mais a dû se répéter.

شرح الأب الأمور، لكنه اضطر إلى تكرار كلامه.

Parce qu'il ne s'était pas occupé de ces choses depuis un certain temps.

لأنه لم يتعامل مع هذه الأمور لفترة من الوقت.

Et parce que la mère ne comprenait pas de telles choses.

ولأن الأم لم تكن تفهم مثل هذه الأمور.

Les taux d'intérêt de la banque avaient légèrement augmenté.

ارتفعت أسعار الفائدة من البنك قليلاً.

L'argent non utilisé avait augmenté plus que prévu.

زادت الأموال غير المستخدمة بأكثر مما كان متوقعاً.

De plus, Gregor leur avait toujours donné ses économies.

بالإضافة إلى ذلك، كان غريغور دائماً يعطيهم مدخراته.

Il n'avait jamais gardé que quelques florins pour lui-même.

لم يحتفظ لنفسه إلا ببضعة غيلدرات فقط.

Et son argent n'avait pas été entièrement dépensé.

ولم تكن أمواله قد استُنفدت بالكامل أيضاً.

Ensemble, ces sommes avaient constitué un petit capital.

تراكمت هذه الأموال مجتمعة لتشكل رأس مال صغير.

Gregor, derrière sa porte, hocha la tête avec enthousiasme à la nouvelle.

أومأ غريغور، من خلف بابه، برأسه بحماس عند سماعه الخبر.

Il était ravi de cette prudence et de cette frugalité inattendues.

لقد سرّ بهذا الحذر والاقتصاد غير المتوقعين.

Les fonds excédentaires auraient pu servir à rembourser la dette.

كان من الممكن استخدام الأموال الفائضة لسداد الدين.

Ils n'auraient alors plus rien dû au patron.

عندها لن يكونوا مدينين للمدير بأي شيء بعد الآن.

Et Gregor aurait pu changer d'emploi bien plus tôt.

وكان بإمكان غريغور الانتقال إلى وظيفة جديدة في وقت أقرب بكثير.

Mais la façon dont le père s'y était pris était bien meilleure maintenant.

لكن الطريقة التي رتب بها الأب الأمر كانت أفضل بكثير الآن.

L'argent ne suffisait pas tout à fait pour vivre des intérêts.

لم يكن المال كافياً للعيش من الفائدة.

Et il a fallu mettre de l'argent de côté pour les urgences.

وكان لا بد من تخصيص بعض المال لحالات الطوارئ.

Cela n'aurait suffi que pour un an ou deux.

كان هذا المبلغ يكفي لمدة عام أو عامين فقط.

Cela signifiait que quelqu'un devait gagner de l'argent pour qu'ils puissent vivre.

هذا يعني أن على شخص ما أن يكسب المال لكي يعيشوا.

Le père n'était pas malade et il était assez fort.

لم يكن الأب مريضاً، وكان قوياً بما يكفي.

Mais il était sans emploi depuis plus de cinq ans.

لكنه كان عاطلاً عن العمل لأكثر من خمس سنوات.

Et, du fait de son âge, il lui restait peu de confiance en lui.

وبسبب تقدمه في السن، لم يتبق لديه سوى القليل من الثقة بالنفس.

Il avait également pris beaucoup de poids ces derniers temps.

كما أنه اكتسب الكثير من الوزن في الآونة الأخيرة.

Sa vie avait toujours été ardue et infructueuse.

كانت حياته دائماً شاقة وغير ناجحة.

Et c'étaient les premières vacances qu'il ait jamais prises.

وكانت هذه أول عطلة يقضيها على الإطلاق.

Et, faute d'être occupé, il était devenu assez maladroit.

وبدون أن يكون مشغولاً، أصبح أخرقاً للغاية.

Ne serait-il pas préférable que la vieille mère gagne l'argent ?

هل سيكون من الأفضل لو أن الأم العجوز هي من كسبت المال؟

La vieille mère qui souffrait d'asthme.

الأم العجوز التي كانت تعاني من الربو.

La vieille mère qui peinait à monter les escaliers.

الأم العجوز التي كافحت لصعود الدرج.

La vieille mère qui passait son temps allongée sur le canapé.

الأم العجوز التي كانت تقضي وقتها مستلقية على الأريكة.

La vieille mère qui préférait rester près de la fenêtre.

الأم العجوز التي كانت تفضل البقاء بجوار النافذة.

Pour qu'elle puisse reprendre son souffle quand elle en aurait besoin.

حتى تتمكن من التقاط أنفاسها عندما تحتاج إلى ذلك.

Ne serait-il pas préférable que ce soit la jeune sœur qui gagne l'argent ?

هل سيكون من الأفضل لو أن الأخت الصغرى هي من كسبت المال؟

La sœur, qui à dix-sept ans n'était encore qu'une enfant.

الأخت، التي كانت في السابعة عشرة من عمرها، لا تزال مجرد طفلة.

La sœur qui ne connaissait que quelques modestes plaisirs.

الأخت التي لم يكن لديها سوى القليل من المتع المتواضعة.

La sœur qui aimait surtout jouer du violon.

الأخت التي كانت تستمتع بالعزف على الكمان بشكل أساسي.

Elle savait que son mode de vie antérieur était très enviable ;

كانت تعلم أن أسلوب حياتها السابق كان مثار حسد كبير؛

Bien s'habiller, faire la grasse matinée, aider à la maison.

ارتداء ملابس أنيقة، والاستيقاظ متأخراً، والمساعدة في أعمال المنزل.

La conversation tournait souvent autour de la nécessité de gagner de l'argent.

غالباً ما كان الحديث يتحول إلى الحاجة لكسب المال.

Gregor était toujours le premier à lâcher la porte.

كان غريغور دائماً أول من يترك الباب.

Cette conversation l'avait rempli de honte et de chagrin.

أثارت المحادثة فيه مشاعر الخجل والحزن.

Il se laissa donc tomber sur le canapé en cuir qui refroidissait.

فألقى بنفسه على الأريكة الجلدية الباردة.

Et il passait souvent le reste de la nuit sur le canapé.

وغالباً ما كان يقضي بقية الليل على الأريكة.

Il ne dormait jamais vraiment sur le canapé, ni la nuit.

لم يكن ينام على الأريكة أبداً، ولا حتى في الليل.

Souvent, il se contentait de gratter le cuir pendant des heures.

في كثير من الأحيان كان يخدش الجلد لساعات متواصلة.

D'autres fois, il poussait le fauteuil jusqu'à la fenêtre.

وفي أحيان أخرى كان يدفع الكرسي بذراعين نحو النافذة.

Cela a nécessité à lui seul beaucoup d'efforts de sa part.

هذا وحده تطلب منه بذل جهد كبير.

Le fauteuil l'a aidé à ramper jusqu'au rebord de la fenêtre.

ساعده الكرسي ذو الذراعين على الزحف إلى حافة النافذة.

Et de là, il put s'appuyer contre la fenêtre.

ومن هناك تمكن من الاستناد إلى النافذة.

Il éprouvait un grand sentiment de liberté en faisant cela.

كان يشعر بإحساس كبير بالحرية وهو يفعل ذلك.

Peut-être recherchait-il une sensation de liberté d'antan.

ربما كان يبحث عن شعور قديم بالتحرر.

Mais sa vue n'était plus aussi perçante qu'avant.

لكن بصره لم يعد حاداً كما كان في السابق.

Les objets situés à une certaine distance étaient flous et indistincts.

كانت الأشياء البعيدة قليلاً ضبابية وغير واضحة.

Il ne pouvait plus voir l'hôpital de l'autre côté de la rue.

لم يعد بإمكانه رؤية المستشفى على الجانب الآخر من الطريق.

Avant, il maudissait le paysage, maintenant il voulait le voir.

قبل أن يلعن المنظر، أصبح الآن يريد رؤيته.

Il savait qu'il habitait dans la paisible Charlottenstrasse, en pleine ville.

كان يعلم أنه يعيش في شارع شارلوتنستراس الهادئ والحضري.

Mais il a peut-être cru qu'il regardait vers le désert.

لكن ربما ظن أنه ينظر إلى صحراء.

Un désert où le ciel gris et la terre grise se confondaient.

أرض قاحلة حيث امتزجت السماء الرمادية بالأرض الرمادية.

La sœur attentive remarqua à deux reprises que la chaise avait bougé.

لاحظت الأخت المنتبهة مرتين أن الكرسي قد تحرك.

Après avoir rangé, elle a repoussé la chaise vers la fenêtre.

بعد الانتهاء من الترتيب، دفعت الكرسي إلى النافذة.

Et désormais, elle laissait même la fenêtre ouverte.

ومنذ ذلك الحين، أصبحت تترك حتى إطار النافذة مفتوحاً.

Gregor aurait vraiment souhaité pouvoir parler à sa sœur.

تمنى غريغور حقاً لو كان بإمكانه التحدث إلى أخته.

Il voulait la remercier pour tout ce qu'elle avait fait pour lui.

أراد أن يشكرها على كل ما فعلته من أجله.

Il aurait alors plus facilement toléré leurs services.

عندها كان سيتقبل خدماتهم بسهولة أكبر.

Mais en l'état actuel des choses, il souffrait de son aide.

لكن كما كانت الأمور، فقد عانى من مساعدتها له.

La sœur, bien sûr, a tenté de dissimuler la gêne.

حاولت الأخت، بطبيعة الحال، التستر على الموقف المحرج.

Et elle faisait de son mieux pour feindre de ne pas se sentir accablée.

وبذلت قصارى جهدها لتتظاهر بأنها لا تشعر بالعبء.

Bien sûr, c'est quelque chose qu'elle devait d'abord pratiquer.

بالطبع كان هذا شيئاً كان عليها أن تتدرب عليه أولاً.

Et plus le temps passait, plus elle devenait douée.

وكلما مر الوقت، كلما أصبحت أفضل في ذلك.

Mais Gregor eut également plus de temps pour constater sa supercherie.

لكن غريغور مُنح أيضاً المزيد من الوقت ليرى تظاهرها.

Même son entrée dans sa chambre était une épreuve pour lui.

حتى دخولها إلى غرفته كان بمثابة محنة بالنسبة له.

Dès qu'elle est entrée, elle a couru directement vers la fenêtre.

بمجرد دخولها، ركضت مباشرة إلى النافذة.

Elle n'a même pas pris le temps de fermer la porte.

لم تكلف نفسها عناء إغلاق الباب.

Normalement, elle épargnait à tout le monde la vue de la chambre de Gregor.

عادةً ما كانت تتجنب أن يرى أحد غرفة غريغور.

Et elle ouvrit brusquement la fenêtre d'un geste rapide.

وفتحت النافذة بسرعة ويديها على عجل.

Puis elle reprit sa respiration comme si elle avait suffoqué.

ثم تنفست مرة أخرى كما لو كانت تختنق .

L'air qui entrait était froid, et elle respira profondément.

كان الهواء الداخل بارداً، فتنفست بعمق.

Mais elle resta néanmoins un moment près de la fenêtre.

لكنها مع ذلك بقيت بجانب النافذة لبعض الوقت.

Elle effrayait Gregor deux fois par jour avec ce rituel.

كانت تُخيف غريغور مرتين في اليوم بهذا الروتين.

Pendant qu'elle était dans la pièce, il tremblait sous le canapé.

بينما كانت هي في الغرفة، كان يرتجف تحت الأريكة.

Il savait qu'elle aurait aimé lui épargner cette épreuve.

كان يعلم أنها كانت ترغب في تجنيبه هذه المحنة.

Mais elle ne pouvait pas rester dans la pièce avec la fenêtre fermée.

لكنها لم تستطع البقاء في الغرفة والنافذة مغلقة.

Il y a eu une fois où elle est arrivée un peu plus tôt.

في إحدى المرات، حضرت مبكراً قليلاً.

Probablement environ un mois après la transformation de Gregor.

ربما بعد حوالي شهر من تحول غريغور.

Elle s'était plus ou moins habituée à sa nouvelle apparence.

لقد اعتادت إلى حد ما على مظهره الجديد.

Elle n'avait donc plus aucune raison d'être particulièrement choquée.

لذلك لم يعد لديها سبب للشعور بالصدمة بشكل خاص.

Elle le trouva toujours immobile, le regard fixé par la fenêtre.

وجدته لا يزال يحدق من النافذة، بلا حراك.

Il se trouvait dans le pire endroit où il aurait pu être.

كان في أسوأ مكان يمكن أن يكون فيه.

Il n'aurait pas été surpris si elle n'était pas entrée.

لم يكن ليتفاجأ لو لم تدخل.

Il l'empêcha d'ouvrir la fenêtre.

حيث كان يمنعها من فتح النافذة.

Elle quitta rapidement la pièce et ferma la porte.

غادرت الغرفة بسرعة مرة أخرى، وأغلقت الباب.

Un étranger aurait pu tirer toutes sortes de conclusions.

كان بإمكان شخص غريب أن يتوصل إلى جميع أنواع الاستنتاجات.

Peut-être attendait-il simplement l'occasion de la mordre.

ربما كان ينتظر الفرصة المناسبة ليعضها.

Gregor, bien sûr, s'est immédiatement caché sous le canapé.

وبالطبع، اختبأ غريغور على الفور تحت الأريكة.

Mais il dut attendre midi pour que sa sœur revienne.

لكن كان عليه أن ينتظر حتى الظهر لعودة أخته.

Et elle semblait beaucoup plus agitée que d'habitude.

وبدت أكثر قلقاً واضطراباً من المعتاد.

Il réalisa que sa vue lui était encore insupportable.

أدرك أن رؤيته لا تزال لا تطاق.

Sa vue allait lui rester insupportable.

كان منظره سيظل لا يُطاق بالنسبة لها.

Elle ne pouvait probablement pas supporter de le voir,
même partiellement.

ربما لم تكن لتطيق رؤية أي جزء منه.

Une petite partie dépassait toujours de sous le canapé.

كان جزء صغير يبرز دائماً من تحت الأريكة.

Un jour, il transporta un drap sur son dos jusqu'au canapé.

في أحد الأيام حمل ملاءة سرير على ظهره إلى الأريكة.

Il voulait lui épargner de voir quoi que ce soit de lui.

أراد أن يجنّبها رؤية أي جزء منه.

Il arrangea le drap de façon à ce qu'il soit entièrement caché.

قام بترتيب ملاءة السرير بحيث اختفى جسده بالكامل.

Même si elle se baissait, elle ne pourrait pas le voir.

حتى لو انحنت فلن تتمكن من رؤيته.

L'opération a pris à Gregor plus de trois heures.

استغرقت الجهود بأكملها من غريغور أكثر من ثلاث ساعات.

Elle a peut-être pensé que le drap était inutile.

ربما اعتقدت أن ملاءة السرير غير ضرورية.

Elle aurait su qu'il ne voulait pas du drap.

كانت ستعرف أنه لا يريد ملاءة السرير.

Il le faisait pour son confort, et non pour lui-même.

كان يفعل ذلك من أجل راحتها، وليس من أجل نفسه.

Et elle aurait pu enlever le drap si elle l'avait voulu.

وكان بإمكانها إزالة ملاءة السرير لو أرادت.

Mais elle laissa le drap là où Gregor l'avait mis.

لكنها تركت ملاءة السرير حيث وضعها غريغور.

Et Gregor crut même avoir aperçu un regard reconnaissant.

بل إن غريغور ظن أنه قد لمح نظرة امتنان.

Il avait doucement soulevé le drap avec sa tête.

رفع ملاءة السرير برفق برأسه.

Il voulait savoir si sa sœur appréciait cet arrangement.

أراد أن يرى ما إذا كانت أخته ستعجبها الترتيبات.

Les deux premières semaines ont été les plus difficiles pour les parents.

كان الأسبوعان الأولان هما الأصعب بالنسبة للوالدين.

Ils n'ont pas eu le courage d'entrer et de le voir.

لم يستطيعوا أن يجبروا أنفسهم على الدخول ورؤيته.

Il a surpris plusieurs de leurs conversations à cette époque.

لقد سمع العديد من محادثاتهم في ذلك الوقت.

Ils ont pleinement reconnu tout ce que faisait la sœur.

أقروا تماماً بكل ما كانت تفعله الأخت.

Même s'ils étaient souvent agacés par elle.

على الرغم من أنهم كانوا ينزعجون منها في كثير من الأحيان.

Parce qu'elle semblait être une fille un peu inutile.

لأنها بدت فتاة عديمة الفائدة إلى حد ما.

C'étaient maintenant eux qui attendaient de l'autre côté de la pièce.

والآن أصبحوا هم من ينتظرون على الجانب الآخر من الغرفة.

Et c'est elle qui est entrée dans la pièce pour tout faire.

وكانت هي من تدخل الغرفة لتفعل كل شيء.

Dès qu'elle est sortie, ils ont voulu tout savoir.

بمجرد خروجها أرادوا معرفة كل شيء.

Elle a dû leur décrire précisément l'aspect de la pièce.

كان عليها أن تخبرهم بالضبط كيف تبدو الغرفة.

« Qu'est-ce que Gregor a mangé ? Comment s'est-il comporté cette fois-ci ? »

"ماذا أكل غريغور؟ وكيف كان سلوكه هذه المرة؟"

«Y avait-il peut-être une légère amélioration à constater ?»

"هل كان هناك تحسن طفيف يمكن ملاحظته؟"

La mère, d'ailleurs, était en réalité plus courageuse.

كانت الأم، بالمناسبة، أكثر شجاعة في الواقع.

Et bien sûr, c'était son propre fils qui se trouvait dans la pièce.

وبالطبع كان ابنها هو الموجود داخل الغرفة.

Elle souhaitait en fait rendre visite à Gregor assez rapidement.

كانت ترغب بالفعل في زيارة غريغور في وقت قريب نسبياً.

Mais au départ, son père et sa sœur l'ont retenue.

لكن الأب والأخت منعاها في البداية.

Ils ont avancé des arguments très rationnels pour qu'elle n'y aille pas.

لقد قدموا حججاً منطقية للغاية لعدم ذهابها.

Gregor écouta très attentivement leur raisonnement.

استمع غريغور بانتباه شديد إلى منطقهم.

Et il acceptait ce raisonnement autant que sa mère.

وقد تقبّل هو المنطق بقدر ما تقبّلت والدته.

Plus tard, cependant, il a fallu la retenir par la force.

لكن في وقت لاحق، اضطروا إلى منعها بالقوة.

«Laissez-moi entrer voir Gregor, c'est mon malheureux fils !»

"دعني أدخل إلى غريغور، إنه ابني التعيس"!

« Tu ne comprends pas que je dois aller le voir ? »

"ألا تفهم أنه يجب عليّ الذهاب لرؤيته؟"

Gregor fut également convaincu par les arguments de sa mère.

اقتنع غريغور أيضاً بحجج والدته.

Peut-être avait-elle raison ; ce serait bien qu'elle vienne.

ربما كانت محقة؛ سيكون من الجيد لو دخلت.

Le voir tous les jours serait beaucoup trop lourd.

إن رؤيته كل يوم ستكون أمراً مبالغاً فيه للغاية.

Mais le voir une fois par semaine suffirait peut-être.

لكن رؤيته مرة واحدة في الأسبوع قد تكون كافية.

Elle pourrait comprendre les choses bien mieux que sa sœur.

ربما تفهم الأمور بشكل أفضل بكثير من أختها.

Malgré tout son courage, elle n'était encore qu'une enfant.

على الرغم من كل شجاعتها، إلا أنها كانت لا تزال مجرد طفلة.

Peut-être une insouciance enfantine l'a-t-elle poussée à entreprendre cette tâche.

ربما دفعتها تهورات طفولية إلى قبول المهمة.

Mais le souhait de Gregor de revoir sa mère se réalisa bientôt.

لكن سرعان ما تحققت أمنية غريغور برؤية والدته.

Durant la journée, Gregor se tenait à l'écart de la fenêtre.

خلال النهار، كان غريغور يبتعد عن النافذة.

Il a agi ainsi par égard pour ses parents.

فعل ذلك مراعاةً لوالديه.

Il n'avait pas beaucoup de place pour ramper sur le sol.

لم يكن لديه مساحة كبيرة للزحف على الأرض.

Il avait du mal à rester immobile pendant la nuit.

وجد صعوبة في البقاء ساكناً أثناء الليل.

Manger ne lui procurait plus le moindre plaisir.

لم يعد تناول الطعام يمنحه أدنى متعة.

Bien sûr, il devait trouver un moyen de se distraire.

بالطبع كان عليه أن يجد طريقة ما لتشتيت انتباهه.

Pour se divertir, il grimpait et descendait les murs.

ولتسلية نفسه، كان يزحف صعوداً وهبوطاً على الجدران.

Et il rampait aussi le long du plafond, la tête en bas.

كما زحف على طول السقف، رأساً على عقب.

Il était particulièrement heureux lorsqu'il était suspendu au
plafond.

كان يشعر بسعادة بالغة عندما كان معلقاً من السقف.

C'était complètement différent de s'allonger par terre.

كان الأمر مختلفاً تماماً عن الاستلقاء على الأرض.

Il trouvait qu'il respirait beaucoup plus facilement dans
cette position.

وجد أنه من الأسهل بكثير التنفس في هذا الوضع.

Une légère mais agréable vibration parcourut son corps.

شعر باهتزاز طفيف ولكنه لطيف يسري في جسده.

Parfois, il se laissait même trop aller à son bonheur.

في بعض الأحيان كان يسترخي أكثر من اللازم في سعادته.

Il lui arrivait d'être distrait et de lâcher prise du plafond.

كان يتشتت انتباهه أحياناً، ويترك السقف.

Et à sa propre surprise, il atterrit de nouveau sur le sol.

ولدهشته، هبط على الأرض مرة أخرى.

Mais il maîtrisait bien mieux son corps qu'auparavant.

لكنه كان يتمتع بتحكم أفضل بكثير في جسده مما كان عليه من قبل.

Ainsi, il ne se blessait plus lors de chutes aussi importantes.

لذا فهو لم يعد يُصاب بأذى من السقطات الكبيرة هذه الأيام.

Sa sœur remarqua immédiatement le nouveau plaisir de Gregor.

لاحظت الأخت على الفور متعة غريفور الجديدة.

Et on retrouvait des traces de colle là où il avait rampé.

وكانت هناك آثار لمادة لاصقة في الأماكن التي زحف إليها.

Là encore, la sœur pensa au bien-être de Gregor.

وهنا فكرت الأخت مرة أخرى في صحة غريفور.

Il apprécierait peut-être d'avoir plus d'espace pour ramper.

ربما سيقدر وجود مساحة أكبر للزحف والتحرك بحرية.

Et l'idée s'est fermement ancrée dans son esprit.

وترسخت الفكرة بقوة في ذهنها.

Certains meubles volumineux entravaient sa liberté de mouvement.

بعض قطع الأثاث الكبيرة كانت تعيق حركته الحرة.

Il ne travaillait plus, il n'avait donc plus besoin du bureau.

لم يعد يعمل، لذلك لم يعد بحاجة إلى المكتب.

Et la boîte prenait plus de place que nécessaire. ***

كما أن الصندوق شغل مساحة أكبر من اللازم***.

La sœur n'était pas en mesure de déplacer ces choses seule.

لم تستطع الأخت نقل هذه الأشياء بمفردها.

Bien sûr, elle n'osait pas demander de l'aide à son père.

وبالطبع لم تجرؤ على طلب المساعدة من والدها.

La bonne ne l'aurait certainement pas aidée non plus.

بالتأكيد لم تكن الخادمة لتساعدها أيضاً.

La nouvelle femme de ménage était en réalité un an plus jeune qu'elle.

كانت الخادمة الجديدة في الواقع أصغر منها بسنة.

Elle avait courageusement endossé le rôle de l'ancienne bonne.

لقد تقمصت بشجاعة أدوار الخادمة السابقة.

Mais il y avait un privilège auquel elle tenait absolument.

لكن كان هناك امتياز واحد أصرت على الحصول عليه.

Elle voulait que la cuisine reste verrouillée en permanence.

أرادت أن تُبقي المطبخ مغلقاً طوال الوقت.

La sœur n'avait donc pas d'autre choix que de demander à sa mère.

لذا لم يكن أمام الأخت خيار سوى أن تسأل والدتها.

La mère est venue à son secours en poussant des cris de joie.

وبصيحات الفرحة العارمة، جاءت الأم للمساعدة.

Mais elle se tut devant la porte de la chambre de Gregor.

لكنها صمتت عند باب غرفة غريغور.

La sœur a vérifié que tout était en ordre dans la chambre.

تحققت الأخت من أن كل شيء في الغرفة على ما يرام.

Gregor avait tiré précipitamment encore plus fort sur le drap.

قام غريغور على عجل بشد ملاءة السرير بإحكام أكبر.

Bien que le drap-housse paraisse encore disposé au hasard.

على الرغم من أن ملاءة السرير لا تزال تبدو مرتبة بشكل عشوائي.

Et ce n'est qu'alors qu'elle laissa sa mère entrer dans la pièce.

وعندها فقط سمحت لأمها بدخول الغرفة.

Gregor s'abstint également d'espionner sous le drap.

كما امتنع غريغور عن التجسس من تحت الغطاء.

Il a décidé de ne pas voir sa mère cette fois-ci.

قرر التخلي عن رؤية والدته هذه المرة.

Gregor était déjà content qu'elle soit venue.

كان غريغور سعيداً بما يكفي لأنها دخلت على الإطلاق.

«Entrez, vous ne pouvez pas le voir», dit la sœur.

قالت الأخت: "ادخلي، لا يمكنكِ رؤيته."

Gregor supposa qu'elle tenait sa mère par la main.

افترض غريغور أنها كانت تقود والدتها من يدها.

Puis il entendit les deux femmes, faibles, déplacer les meubles.

ثم سمع المرأتين الضعيفتين وهما تنقلان الأثاث.

La sœur semblait s'attribuer la majeure partie du travail.

بدت الأخت وكأنها تستحوذ على معظم العمل لنفسها.

Sa mère craignait qu'elle ne s'épuise.

كانت والدتها تخشى أن تجهد نفسها أكثر من اللازم.

Mais la sœur n'a prêté aucune attention à ces avertissements.

لكن الأخت لم تُعر أي اهتمام لهذه التحذيرات.

Mais même après quinze minutes, les progrès étaient très lents.

لكن حتى بعد مرور خمس عشرة دقيقة، كان التقدم بطيئاً للغاية.

Ils n'avaient pas réussi à déplacer les meubles très loin.

لم يتمكنوا من نقل الأثاث لمسافة بعيدة.

Ils commençaient lentement à ressentir un sentiment de défaite.

بدأوا يشعرون تدريجياً بشعور الهزيمة.

La mère fut la première à reconnaître l'inutilité de la démarche.

كانت الأم أول من اعترف بعبثية الأمر.

« Il vaudrait peut-être mieux laisser la boîte ici. »

"ربما من الأفضل ترك الصندوق هنا".

« Le carton est trop lourd pour que nous puissions le déplacer plus loin. »

"الصندوق ثقيل جدًا بحيث لا يمكننا تحريكه لمسافة أبعد من ذلك".

« Et nous n'aurons pas terminé avant l'arrivée de votre père. »

"ولن ننتهي قبل وصول والدك".

« Laisser la boîte ici lui barrerait encore plus le passage. »

"إن ترك الصندوق هنا سيعيق طريقه أكثر".

« Et pouvons-nous être sûrs de lui rendre service ? »

"وهل يمكننا أن نكون متأكدين من أننا نقدم له معروفاً؟"

Ils commencèrent à penser que le contraire pourrait bien être vrai.

بدأوا يعتقدون أن العكس قد يكون صحيحاً.

La vue du mur vide lui pesait lourdement sur le cœur.

كان منظر الجدار الفارغ ثقيلاً على قلبها.

Qui nous dit que Gregor ne ressentirait pas la même chose ?

ما الذي يمنع غريغور من الشعور بنفس الطريقة؟

«Il est déjà habitué aux meubles de sa chambre.»

"لقد اعتاد بالفعل على الأثاث الموجود في غرفته".

«Il pourrait se sentir encore plus abandonné dans une pièce vide.»

"قد يشعر بمزيد من الوحدة في غرفة فارغة".

À ce moment-là, sa voix s'était presque réduite à un murmure.

وبحلول ذلك الوقت، انخفض صوتها إلى حد الهمس تقريباً.

Elle ignorait en réalité où se trouvait exactement Gregor.

لم تكن تعرف في الواقع مكان وجود غريغور بالتحديد.

Elle ne voulait même pas qu'il entende sa voix.

لم تكن تريده حتى أن يسمع صوتها.

Bien qu'elle fût certaine qu'il ne la comprenait pas.

رغم أنها كانت متأكدة من أنه لم يفهمها.

« N'aurait-on pas l'impression de l'avoir complètement abandonné ? »

"ألا يبدو الأمر وكأننا قد تخلينا عنه تماماً؟"

«N'aura-t-il pas l'impression qu'on le laisse se débrouiller seul ?»

"ألن يشعر وكأننا نتركه يواجه الأمر بمفرده؟"

«Nous devrions laisser la pièce exactement comme elle était.»

"ينبغي أن نترك الغرفة كما كانت تماماً".

« Gregor finira par nous revenir comme avant. »

"في النهاية سيعود غريغور إلينا كما كان".

«Alors il constatera que tout est encore à sa place.»

"ثم سيجد أن كل شيء لا يزال في مكانه".

« Et il oubliera beaucoup plus facilement la période intermédiaire. »

"وسينسى الفترة الانتقالية بسهولة أكبر".

En entendant ces mots, Gregor réalisa quelque chose.

عندما سمع غريغور هذه الكلمات أدرك شيئاً ما.

Son esprit était devenu confus au cours des deux derniers mois.

لقد أصبح عقله مشوشاً خلال الشهرين الماضيين.

Le manque d'interactions humaines ne lui avait pas fait de bien.

لم يكن افتقاره للتفاعل البشري أمراً جيداً بالنسبة له.

Il avait vraiment besoin de la vie monotone au sein de sa famille.

كان بحاجة ماسة إلى حياة رتيبة وسط عائلته.

Pourquoi aurait-il formulé une demande aussi absurde autrement ?

وإلا فلماذا كان سيقدم مثل هذا الطلب غير المنطقي؟

Quel sens pouvait-il y avoir à vider sa chambre ?

ما الفائدة المرجوة من إخلاء غرفته؟

La chambre confortable est meublée de meubles hérités.

غرفة مريحة مفروشة بأثاث موروث.

Pourquoi voudrait-il transformer cette chaleur familière en une grotte ?

لماذا قد يرغب في تحويل هذا الدفء المعروف إلى كهف؟

Une grotte où il pouvait ramper en toute tranquillité dans toutes les directions.

كهفٌ يستطيع فيه الزحف في جميع الاتجاهات بسلام.

Mais une grotte où il oublia rapidement son passé humain.

لكن كهفًا نسي فيه ماضيه البشري بسرعة.

Il se demandait s'il était déjà sur le point d'oublier.

كان عليه أن يتساءل عما إذا كان قد اقترب بالفعل من النسيان.

La voix de sa mère l'avait secoué et lui avait fait se souvenir.

أيقظه صوت والدته من غفلته وجعله يتذكر.

La voix qu'il n'avait pas entendue depuis si longtemps.

الصوت الذي لم يسمعه منذ زمن طويل.

Il ne fallait rien enlever ; tout devait rester.

لا ينبغي إزالة أي شيء؛ يجب أن يبقى كل شيء.

Le mobilier a eu un effet positif sur son état.

كان للأثاث تأثير إيجابي على حالته.

Et il ne pouvait pas s'en sortir sans ce lien avec le passé.

ولم يكن يستطيع التأقلم بدون هذا الرابط بالماضي.

Les meubles l'empêchaient de ramper sans but.

منعته قطع الأثاث من الزحف بلا وعي.

Mais ce n'était pas une perte ; c'était au contraire un grand avantage.

لكن ذلك لم يكن خسارة؛ بل كان ميزة عظيمة.

Malheureusement, sa sœur avait un avis très différent.

لسوء الحظ، كان للأخت رأي مختلف تماماً.

Elle était en quelque sorte devenue la porte-parole de Gregor.

لقد أصبحت إلى حد ما متحدثة باسم غريغور.

Bien sûr, son opinion n'était pas totalement injustifiée.

بالطبع لم يكن رأيها بلا مبرر تماماً.

Mais l'opinion de sa mère devait être contredite ici.

لكن كان لا بد من معارضة رأي والدتها هنا.

Il ne s'agissait plus seulement d'enlever la boîte.

لم يكن الصندوق وحده هو الذي كان يجب إزالته الآن.

Son bureau et son armoire ne pouvaient pas rester en place non plus.

لم يكن من الممكن أن يبقى مكتبه وخزانة ملابسه أيضاً.

La seule chose indispensable était le canapé.

الشيء الوحيد الذي لا غنى عنه هو الأريكة.

Elle n'a pas pris cette décision par simple rébellion enfantine.

لم تتخذ هذا القرار بدافع التحدي الطفولي فحسب.

Ce n'était pas non plus sa confiance en soi récemment acquise.

لم يكن الأمر متعلقاً بثقتها بنفسها التي اكتسبتها مؤخراً.

La nouvelle confiance qu'elle avait acquise lui a permis de travailler si dur pour gagner.

الثقة الجديدة التي اكتسبتها بعد كل هذا الجهد الذي بذلته للفوز.

Même si personne ne s'attendait à ce qu'elle y parvienne.

على الرغم من أن أحداً لم يتوقع أن تكون قادرة على فعل ذلك.

Gregor avait vraiment besoin de beaucoup d'espace pour ramper.

كان غريغور يحتاج بالفعل إلى مساحة كبيرة للزحف.

Le mobilier ne faisait que réduire l'espace dont il disposait.

لم تكن قطع الأثاث سوى هي التي حدّت من المساحة المتاحة له.

Elle était capable de mieux voir ces choses que sa mère.

كانت قادرة على رؤية هذه الأشياء بشكل أفضل من الأم.

Mais peut-être que son esprit romantique a aussi joué un rôle.

لكن ربما لعبت روحها الرومانسية دوراً أيضاً.

Les filles de cet âge acquièrent souvent un certain enthousiasme.

غالباً ما تكتسب الفتيات في ذلك العمر حماساً معيناً.

Et ils éprouvent le besoin d'obtenir ce qu'ils veulent chaque fois qu'ils le peuvent.

ويشعرون بالحاجة إلى تحقيق ما يريدون كلما أمكنهم ذلك.

C'est peut-être pour cela qu'elle voulait le saboter en secret.

ربما لهذا السبب أرادت تخريبه سراً.

Il est encore plus terrifiant lorsqu'il rampe sur les murs.

يصبح أكثر رعباً عندما يزحف على الجدران.

Les parents n'osaient plus entrer dans la pièce.

لم يعد الوالدان يجرؤان على دخول الغرفة بعد الآن.

Elle serait véritablement la seule à prendre soin de son frère.

ستكون هي بالفعل الراعية الوحيدة لأخيها.

Elle ne laissa pas sa mère la persuader du contraire.

لم تدع والدتها تقنعها بخلاف ذلك.

La mère de Gregor se sentait déjà mal à l'aise dans la pièce.

كانت والدة غريغور تشعر بالفعل بعدم الارتياح في الغرفة.

Elle cessa bientôt de parler et aida de nouveau sa fille.

سرعان ما توقفت عن الكلام وعادت لمساعدة ابنتها.

Avec leurs forces restantes, ils ont enlevé l'armoire.

وبقوتهم المتبقية قاموا بإزالة خزانة الملابس.

La commode, il pouvait s'en passer.

كان بإمكانه الاستغناء عن خزانة الأدراج.

Mais le bureau allait devoir rester en place pour le moment.

لكن كان لا بد من إبقاء المكتب في مكانه في الوقت الحالي.

Pendant l'absence des femmes, il tenta d'évaluer la pièce.

بينما كانت النساء غائبات، حاول تقييم الغرفة.

Et Gregor passa la tête sous le canapé.

وأخرج غريغور رأسه من تحت الأريكة.

Il devait voir ce qu'il pouvait faire face à la situation.

كان عليه أن يرى ما يمكنه فعله حيال هذا الوضع.

Mais il a été aussi prudent et attentionné que possible.

لكنه كان حريصاً ومراعياً قدر الإمكان.

Malheureusement, c'est la mère qui est revenue la première.

لسوء الحظ، كانت الأم هي التي عادت أولاً.

Grete était encore en train de déplacer l'armoire dans la pièce voisine.

كانت غريت لا تزال تنقل خزانة الملابس في الغرفة المجاورة.

Mais la mère n'était pas habituée à la vue de Gregor.

لكن الأم لم تكن معتادة على رؤية غريغور.

Un simple aperçu de lui aurait pu la rendre malade.

حتى مجرد لمحة منه كانت كفيلة بأن تصيبها بالمرض.

Gregor recula précipitamment jusqu'à l'autre bout du canapé.

أسرع غريغور إلى الخلف نحو الطرف البعيد من الأريكة.

Mais il ne pouvait pas reculer et maintenir le drap en équilibre.

لكنه لم يستطع التحرك للخلف وموازنة ملاءة السرير.

Ce mouvement suffit à attirer l'attention de la mère.

كانت الحركة كافية لجذب انتباه الأم.

Elle marqua une pause et resta immobile un bref instant.

توقفت، وظلت واقفة بلا حراك للحظة وجيزة.

Puis elle se retourna et sortit de la pièce.

ثم استدارت وعادت إلى خارج الغرفة.

Gregor se répétait sans cesse que rien d'inhabituel ne s'était produit.

ظل غريغور يقنع نفسه بأنه لم يحدث شيء غير عادي.

« Ce ne sont que quelques meubles qui ont été emportés. »

"إنها مجرد بعض قطع الأثاث التي تم نقلها".

Mais il dut bientôt admettre que ces événements l'avaient affecté.

لكنه سرعان ما اضطر إلى الاعتراف بأن الأحداث أثرت فيه.

Les femmes disaient tout ce qu'elles faisaient.

كانت النساء يقلن كل ما يفعلنه.

Ils faisaient des allers-retours dans la pièce.

كانوا يسيرون جيئة وذهاباً في الغرفة.

Le bruit des meubles qui grattent le sol.

صوت خدش جميع قطع الأثاث على الأرض.

Il avait l'impression d'être assailli de toutes parts.

شعر وكأنه يتعرض لهجوم من جميع الجهات.

Il replia sa tête et ses jambes aussi fort qu'il le put.

ضم رأسه وساقيه إلى صدره بأقصى ما يستطيع.

De toutes ses forces, il plaqua son corps au sol.

بكل قوته ضغط بجسده على الأرض.

Il savait qu'il ne pourrait pas supporter tout cela encore longtemps.

كان يعلم أنه لا يستطيع تحمل كل هذا لفترة أطول.

Ils ont vidé sa chambre et ont pris tout ce qu'il aimait.

قاموا بإخلاء غرفته وأخذوا كل ما كان يحبه.

Ils avaient déjà pris la boîte contenant tous ses outils.

لقد أخذوا بالفعل الصندوق الذي يحتوي على جميع أدواته.

Ils étaient en train de déloger son lourd bureau du sol.

ثم قاموا بفك مكتبه الثقيل من الأرض.

Le bureau sur lequel il avait travaillé en rentrant du travail.

المكتب الذي عمل عليه بعد عودته من العمل.

Le bureau sur lequel il avait noté ses missions professionnelles.

المكتب الذي كان يكتب عليه مهامه التجارية.

Le bureau sur lequel il avait fait ses devoirs au collège.

المكتب الذي كان ينجز عليه واجباته المدرسية في المدرسة الثانوية.

Oui, il avait déjà eu ce bureau à l'école primaire.

نعم، كان لديه هذا المكتب بالفعل في المدرسة الابتدائية.

Il n'a vraiment pas eu le temps de vérifier leurs bonnes intentions.

لم يكن لديه وقت كافٍ للتأكد من حسن نواياهم.

Bien qu'il ait presque oublié leur présence.

على الرغم من أنه كاد ينسى وجودهم هناك على أي حال.

Parce qu'ils travaillaient en silence, épuisés.

لأنهم كانوا يعملون بصمت، بسبب الإرهاق.

Ils étaient trop fatigués pour annoncer leurs mouvements maintenant.

كانوا متعبين للغاية بحيث لا يستطيعون الإعلان عن تحركاتهم الآن.

Il n'entendait que leurs lourds pas sur le sol.

كل ما سمعه كان وقع أقدامهم الثقيلة على الأرض.

À ce moment précis, ils étaient appuyés contre la boîte.

في تلك اللحظة بالذات كانوا يتكئون على الصندوق.

Et c'est alors que Gregor est sorti de sous le canapé.

وعندها خرج غريغور من تحت الأريكة.

Il a changé de direction à quatre reprises.

غيّر اتجاه جريه أربع مرات.

Il n'arrivait pas à se décider quel objet sauver en premier.

لم يستطع أن يقرر أي عنصر يجب حفظه أولاً.

Soudain, son attention fut attirée par le mur vide.

وفجأة لفت انتباهه الجدار الفارغ.

Ils ne lui avaient laissé que la photo de la dame en fourrure.

كل ما تركوه له هو صورة السيدة التي ترتدي الفراء.

Il rampa jusqu'à la photo pour coller son corps contre le sien.

زحف نحو الصورة ليضغط بجسده عليها.

Et son corps masquait complètement la vue de la photo.

وغطى جسده مشهد الصورة بالكامل.

Le verre le soutenait et apaisait son ventre brûlant.

ساعده الزجاج على الوقوف، وخفف من حرارة بطنه.

On ne pouvait plus lui enlever cette photo.

لم يعد بالإمكان أخذ هذه الصورة منه.

Puis il tourna la tête vers la porte du salon.

ثم أدار رأسه نحو باب غرفة المعيشة.

Il allait les regarder retourner dans la pièce.

كان سيشاهد النساء وهن يعدن إلى الغرفة.

Et ils ne se reposèrent pas longtemps avant de revenir.

ولم يستريحوا طويلاً قبل أن يعودوا مرة أخرى.

Grete avait le bras autour de sa mère pour l'aider à marcher.

كانت غريت تضع ذراعها حول والدتها لمساعدتها على المشي.

« Que prenons-nous maintenant ? » demanda Grete en regardant autour d'elle.

قالت غريت وهي تنظر حولها: "ماذا سنأخذ الآن؟"

À ce moment précis, son regard croisa celui de Gregor.

في تلك اللحظة بالذات التقت نظرتها بعيني غريغور.

Malgré le choc, elle a gardé son sang-froid.

رغم الصدمة، حافظت على رباطة جأشها.

Probablement uniquement à cause de la présence de sa mère.

ربما فقط بسبب وجود والدتها.

Elle pencha le visage vers sa mère, lui cachant la vue.

انحنت بوجهها نحو والدتها، فحجبت رؤيتها.

Et puis elle dit, d'une voix tremblante et sans réfléchir :

ثم قالت، رغم ارتعاشها وعدم تفكيرها:

«Allez, on ne devrait pas retourner au salon ?»

"هيا بنا، ألا يجب أن نعود إلى غرفة المعيشة؟"

Gregor comprenait aisément les intentions de sa sœur.

كان بإمكان غريغور أن يفهم نوايا الأخت بسهولة.

Sa priorité absolue était de mettre sa mère en sécurité.

كانت أولويتها الأولى هي إيصال والدتها إلى بر الأمان.

Mais ensuite, elle allait le poursuivre depuis le mur.

لكنها كانت ستطارده من فوق الجدار.

« Eh bien, elle peut toujours essayer ! » pensa Gregor.

"حسنًا، يمكنها بالتأكيد أن تحاول!" فكر غريغور في نفسه.

Il s'assit fermement sur son tableau et ne le lâcha pas.

جلس بثبات على صورته ولم يتخل عنها.

Il aurait préféré sauter au visage de sa sœur.

كان يفضل أن يقفز في وجه أخته.

Mais les paroles de Grete avaient encore plus inquiété sa mère.

لكن كلمات غريت أثارت قلق والدتها أكثر.

Elle s'écarta pour voir ce qu'on lui cachait.

تنحّت جانباً لترى ما كان يُخفى عنها.

Et elle vit la tache brune sur le papier peint à fleurs.

ورأت البقعة البنية على ورق الحائط المزهر.

Et elle a crié avant même de réaliser que c'était Gregor.

وصرخت قبل أن تدرك حتى أنه غريغور.

« Oh mon Dieu ! » hurla-t-elle en tendant les bras.

"يا إلهي!" صرخت وهي تمد ذراعيها.

Et elle s'est effondrée sur le canapé comme si elle avait renoncé.

وسقطت على الأريكة كما لو أنها استسلمت.

« Gregor ! » cria sa sœur en levant le poing.

"غريغورا!" صرخت الأخت في وجهه وهي ترفع قبضتها.

Et elle lui lança un regard long, dur et pénétrant.

وألقت عليه نظرة طويلة وحادة ونافذة.

C'était la première fois qu'elle lui parlait directement.

كانت هذه هي المرة الأولى التي تتحدث فيها إليه مباشرة.

Elle a couru dans la pièce voisine pour aller chercher des sels d'ammoniaque.

ركضت إلى الغرفة المجاورة لتجلب بعض الأملاح العطرية.

Elle devait ramener sa mère à la conscience.

كان عليها أن تعيد والدتها إلى وعيها.

Gregor voulait aider, il pourrait sauvegarder la photo plus tard.

أراد غريغور المساعدة، ويمكنه حفظ الصورة لاحقاً.

Mais il s'était solidement collé à la vitre.

لكنه علق بقوة على الزجاج.

Il a donc dû s'arracher à ce point en utilisant beaucoup de force.

لذلك اضطر إلى انتزاع نفسه بقوة كبيرة.

Il courut lui aussi dans la pièce voisine, où se trouvait sa sœur.

ركض هو الآخر إلى الغرفة المجاورة حيث كانت الأخت.

Autrefois, il aurait pu lui donner quelques conseils.

في الماضي كان بإمكانه أن يقدم لها بعض النصائح.

Mais à présent, il ne pouvait rien faire d'autre que rester là, impuissant, et regarder.

لكن الآن لم يكن بوسعه أن يفعل شيئاً سوى الوقوف مكتوف الأيدي والمشاهدة.

Elle fouilla dans le tiroir, ouvrant diverses bouteilles.

فتشت في الدرج، وفتحت زجاجات مختلفة.

Et il lui faisait encore peur quand elle se retournait.

وما زال يُخيفها عندما تستدير.

Une bouteille est tombée par terre, s'est cassée et a éclaté.

سقطت زجاجة على الأرض، وانكسرت، وتناثرت شظاياها.

Un éclat de verre a frappé Gregor au visage et l'a blessé.

أصابت شظية زجاجية وجه غريغور، وأصابته بجروح.

La bouteille contenait une sorte de liquide caustique.

كانت الزجاجة تحتوي على نوع من السوائل الكاوية.

Et maintenant, le liquide corrosif brûlait le visage de Gregor.

والآن، كان السائل المسبب للتآكل يحرق وجه غريغور.

Sa sœur, cependant, n'avait pas de temps à consacrer à Gregor pour le moment.

لكن الأخت لم يكن لديها وقت لغريغور في الوقت الحالي.

Elle ramassa autant de bouteilles qu'elle put.

جمعت أكبر عدد ممكن من الزجاجات.

Et elle est retournée en courant vers sa mère avec les médicaments.

ثم ركضت عائدة إلى والدتها ومعها الدواء.

Elle claqua la porte du pied, empêchant Gregor d'entrer.

أغلقت الباب بقدمها بقوة، وأغلقت الباب على غريغور.

Il était désormais coupé de sa mère, potentiellement mourante.

لقد انقطع الآن عن والدته التي ربما تكون تحتضر.

S'il ouvrait la porte, il chasserait sa sœur.

إذا فتح الباب، فسوف يطرد الأخت.

Mais bien sûr, elle devait rester pour s'occuper de sa mère.

لكن بالطبع كان عليها البقاء لرعاية الأم.

Il ne pouvait plus rien faire d'autre qu'attendre.

لم يكن بوسعه فعل شيء الآن سوى انتظارهم.

Rongé par les remords et l'anxiété, il se mit à ramper.

بدأ يزحف وقد عانى من لوم الذات والقلق.

Il rampait partout : sur les murs, les meubles, le plafond.

زحف في كل مكان؛ الجدران، الأثاث، السقف.

Il avait l'impression que toute la pièce tournait autour de lui.

شعر وكأن الغرفة بأكملها تدور من حوله.

Finalement, désespéré et pris de vertiges, il retomba.

وأخيراً، وفي حالة من اليأس والدوار، سقط أرضاً مرة أخرى.

Et il est tombé directement sur la grande table de la salle à manger.

وسقط مباشرة فوق طاولة غرفة الطعام الكبيرة.

Il resta allongé là un certain temps, engourdi et incapable de bouger.

أمضى بعض الوقت مستلقياً هناك، مخدراً وغير قادر على الحركة.

Il était épuisé par tout ce que cette journée lui avait apporté.

كان منهكاً من كل ما جلبه عليه هذا اليوم.

Le silence régnait partout, mais c'était peut-être bon signe.

كان الهدوء يسود المكان، ولكن ربما كانت تلك علامة جيدة.

Puis, brisant le silence, la sonnette retentit à l'extérieur.

ثم، قاطع رنين جرس الباب الخارجي الصمت.

La bonne, bien sûr, s'était enfermée dans sa cuisine.

أما الخادمة، فقد أغلقت على نفسها باب المطبخ بالطبع.

La sœur était donc la seule à pouvoir ouvrir la porte.

لذا كانت الأخت هي الوحيدة التي تستطيع فتح الباب.

« Que s'est-il passé ? » fut la première question du père.

"ماذا حدث؟" كان أول سؤال طرحه الأب.

L'apparence de Grete lui avait probablement tout dit.

ربما كان مظهر غريت قد أخبره بكل شيء.

La voix de Grete devint étouffée et monotone tandis qu'elle parlait.

أصبح صوت غريت مكتوماً وباهتاً أثناء حديثها.

Elle a dû enfouir son visage contre la poitrine de son père.

لا بد أنها ضغطت وجهها على صدر والدها.

« Maman était inconsciente, mais elle va mieux maintenant. »

"كانت والدتي فاقدة للوعي، لكنها تشعر بتحسن الآن".

« Gregor s'est échappé », a-t-elle ajouté, ce à quoi il s'attendait.

وأضافت قائلة: "لقد هرب غريغور"، وهو ما كان يتوقعه.

« Je vous l'ai toujours dit, il allait s'échapper un jour. »

"لطالما أخبرتك أنه سيهرب يوماً ما".

« Mais vous, les femmes, vous ne vouliez pas m'écouter, n'est-ce pas ? »

"لكنكنّ يا نساء لم ترغبن في الاستماع إليّ، أليس كذلك؟"

Gregor comprit rapidement comment son père verrait les choses.

سرعان ما أدرك غريغور كيف سينظر والده إلى الأمور.

Il avait mal interprété le message trop bref de Grete.

لقد أساء فهم رسالة غريت المختصرة للغاية.

Il supposa que Gregor avait commis un acte de violence.

افترض أن غريغور قد ارتكب عملاً من أعمال العنف.

Gregor devait trouver un moyen d'apaiser son père d'une manière ou d'une autre.

كان على غريغور أن يجد طريقة ما لإرضاء والده.

Parce qu'il n'avait pas le temps de lui expliquer les choses.

لأنه لم يكن لديه الوقت الكافي لشرح الأمور له.

Mais de toute façon, il n'aurait pas été capable d'expliquer les choses.

لكنه لم يكن ليتمكن من شرح الأمور على أي حال.

Il s'est donc enfui vers la porte et s'y est plaqué.

فهرب إلى الباب وضغط نفسه عليه.

Ainsi, son père pourrait le voir depuis l'antichambre.

وبهذه الطريقة كان بإمكان والده رؤيته من الغرفة الأمامية.

Et il pourrait constater qu'il avait les meilleures intentions.

وسيكون قادراً على أن يرى أن لديه أفضل النوايا.

Il n'était pas nécessaire de le repousser avec un balai.

لم تكن هناك حاجة لدفعه للخلف بالمقشة.

Il aurait suffi que le père ouvre la porte.

كل ما كان على الأب فعله هو فتح الباب.

Mais il n'était pas d'humeur à remarquer de telles subtilités.

لكنه لم يكن في مزاج يسمح له بملاحظة مثل هذه التفاصيل الدقيقة.

« Te voilà ! » s'exclama-t-il dès qu'il entra.

"ها أنت ذا!" صاح حالما دخل.

C'était comme s'il était à la fois en colère et heureux.

كان الأمر كما لو أنه كان غاضباً وسعيداً في الوقت نفسه.

Il recula la tête et leva les yeux vers son père.

سحب رأسه إلى الخلف، ونظر إلى الأب.

Il n'avait pas imaginé son père debout là, dans cette position.

لم يكن يتخيل أن يقف والده هناك على هذا النحو.

Mais ces derniers temps, il s'était trouvé une nouvelle distraction.

لكنه وجد في الآونة الأخيرة ما يصرف انتباهه.

Ramper occupait désormais une grande partie de sa journée.

أصبح الزحف الآن يشغل جزءاً كبيراً من يومه.

Auparavant, il se tenait au courant de toutes les nouvelles dans l'appartement.

في السابق، كان يتابع أي أخبار في الشقة.

Mais ces derniers temps, il n'y avait pas prêté beaucoup d'attention.

لكنه لم يكن يولي الكثير من الاهتمام في الآونة الأخيرة.

Il aurait dû se préparer à faire face aux changements.

كان ينبغي عليه أن يكون مستعداً لمواجهة التغييرات.

Pour autant, cet homme qui se tenait devant lui était-il encore son père ?

ومع ذلك، هل كان هذا الرجل الذي أمامه لا يزال هو الأب؟

Était-ce le même homme qui avait l'habitude de rester allongé, fatigué, dans son lit ?

هل كان هو نفس الرجل الذي اعتاد أن يستلقي متعباً في سريره؟

Alors que Gregor était déjà parti en voyage d'affaires.

عندما كان غريغور قد ذهب بالفعل في رحلة عمل.

Était-ce le même homme qui le saluait le soir ?

هل كان هو نفس الرجل الذي كان يستقبله في المساء؟

Lorsqu'il était en robe de chambre, dans son fauteuil.

عندما كان يرتدي رداء الحمام ويجلس على كرسيه.

Était-ce le même homme qui n'avait pas pu se lever pour l'accueillir ?

هل كان هو نفس الرجل الذي لم يستطع النهوض لاستقباله؟

Restant assis, il leva le bras en signe de joie.

فبقي جالساً، ورفع ذراعه كعلامة على الفرح.

Était-ce le même homme avec qui il faisait parfois des promenades ?

هل كان هو نفس الرجل الذي كان يخرج معه في نزهات عرضية؟

Exceptionnellement : quelques dimanches par an, ou les jours fériés.

في مناسبات نادرة: بضعة أيام أحد في السنة، أو في أيام العطلات.

Était-ce le même homme qui marchait, enveloppé dans son pardessus ?

هل كان هو نفس الرجل الذي كان يمشي وهو يرتدي معطفه؟

S'est-il lentement avancé, entre la mère et lui ?

هل كان يتقدم ببطء، بينه وبين أمه؟

Et ils marchaient déjà lentement à cause de lui.

وكانوا يسيرون ببطء بالفعل بسببه.

Mais à présent, cet homme se tenait droit et fort.

لكن هذا الرجل الآن يقف قوياً ومنتصباً.

Il portait un uniforme bleu à boutons dorés.

كان يرتدي زياً أزرق اللون بأزرار ذهبية.

Les badges que portent les employés des institutions bancaires.

أزرار يرتديها موظفو المؤسسات المصرفية.

Au-dessus du col rigide, son double menton prononcé se dessinait.

برزت ذقنه المزدوجة القوية فوق الياقة الصلبة.

Sous ses sourcils broussailleux, ses yeux noirs fixaient le vide.

كانت عيناه السوداوان تنظران من تحت حاجبيه الكثيفين.

À présent, ses yeux paraissaient perçants, frais et alertes.

بدت عيناه الآن ثاقبتين، ومنتعشتين، ومتيقظتين.

Les cheveux blancs, auparavant ébouriffés, étaient désormais peignés.

تم تمشيط الشعر الأبيض الذي كان أشعثاً سابقاً.

Et ses cheveux étaient désormais coiffés d'une raie centrale méticuleuse.

وأصبح شعره الآن مفروقاً بدقة من المنتصف.

Il jeta son chapeau, orné d'un monogramme en or.

ألقى بقبعته، التي كانت مثبتة بحرف ذهبي.

Il s'agissait probablement du monogramme de la banque pour laquelle il travaillait.

ربما كان ذلك شعار البنك الذي كان يعمل فيه.

Et le chapeau atterrit sur le canapé, pour être rangé plus tard.

وسقطت القبعة على الأريكة، ليتم وضعها جانباً لاحقاً.

Il repoussa le bas de sa longue veste d'uniforme.

دفع الجزء السفلي من سترة الزي الرسمي الطويلة إلى الخلف.

Et il mit ses pouces dans les poches de son pantalon.

ووضع إبهاميه في جيوب بنطاله.

Puis, le visage sombre, il s'avança vers Gregor.

ثم سار نحو غريغور بوجه عابس.

Il ne savait probablement même pas ce qu'il comptait faire.

ربما لم يكن يعرف حتى ما الذي كان يخطط لفعله.

Mais il leva néanmoins les pieds exceptionnellement haut.

لكن مع ذلك رفع قدميه عالياً بشكل غير عادي.

Gregor était stupéfait par la taille énorme de ses bottes.

أعجب غريغور بحجم حذائه الهائل.

Mais il n'y avait vraiment pas le temps de s'extasier devant ses chaussures.

لكن لم يكن هناك وقت حقاً للتأمل في حذائه.

Le père avait opté pour une discipline très stricte.

قرر الأب اتباع نظام تأديبي صارم للغاية.

Seule la plus grande sévérité convenait à Gregor.

لم يكن مناسباً لغريغور إلا أقصى درجات القسوة.

Il le savait dès le premier jour de sa transformation.

لقد أدرك ذلك منذ اليوم الأول لتحوله.

Il courut vers son père et s'arrêta quand celui-ci s'arrêta.

ركض نحو والده، وتوقف عندما توقف.

Il se précipita de nouveau vers lui lorsqu'il bougea à nouveau.

اندفع نحوه مرة أخرى عندما تحرك مجدداً.

Le père marqua une pause, et Gregor fit de même.

توقف الأب للحظة، وكذلك فعل غريغور.

Et il se précipita de nouveau en avant dès que son père eut bougé.

واندفع للأمام مرة أخرى بمجرد أن تحرك والده.

Ils firent ainsi plusieurs fois le tour de la pièce.

وبهذه الطريقة داروا حول الغرفة عدة مرات.

Aucun avantage décisif n'avait encore été obtenu par qui que ce soit.

لم يحقق أي طرف حتى الآن أي ميزة حاسمة.

On n'aurait pas pu avoir l'impression d'une poursuite.

لم يكن من الممكن أن يستنتج المرء وجود مطاردة.

Parce que tout l'événement se déroulait beaucoup trop lentement.

لأن الحدث برمته كان يحدث ببطء شديد.

Gregor avait décidé de rester au sol.

قرر غريغور البقاء على الأرض.

Il aurait pu courir le long des murs et du plafond.

كان بإمكانه أن يركض على الجدران وعلى طول السقف.

Mais il ne voulait pas provoquer inutilement le père.

لكنه لم يرغب في استفزاز الأب بلا داعٍ.

Une telle évasion aurait pu paraître particulièrement perverse.

ربما بدا هذا الهروب شريراً للغاية.

Gregor admit que cette poursuite ne pourrait pas durer beaucoup plus longtemps.

أقرّ غريغور بأن هذه المطاردة لن تدوم طويلاً.

Chaque étape nécessitait une myriade de mouvements.

كان لا بد من مواجهة كل خطوة بعدد لا يحصى من الحركات.

Il commençait déjà à avoir le souffle court.

بدأ يشعر بضيق في التنفس.

Même avant cela, il n'avait jamais eu des poumons totalement fiables.

حتى قبل ذلك، لم تكن لديه رئتان موثوقتان تماماً.

Il avançait en titubant, économisant ses forces pour la course.

ترنّح في طريقه، مدخراً قوته للجري.

Il était si fatigué qu'il avait du mal à garder les yeux ouverts.

كان متعباً للغاية لدرجة أنه بالكاد استطاع إبقاء عينيه مفتوحتين.

Ses pensées étaient devenues trop lentes pour qu'il puisse envisager d'autres solutions.

أصبحت أفكاره بطيئة للغاية بحيث لم يعد بإمكانه التفكير في طرق أخرى للهروب.

Il avait presque oublié que les murs étaient à sa disposition.

كاد ينسى أن الجدران كانت متاحة له.

Mais les murs étaient de toute façon dissimulés derrière des meubles.

لكن الجدران كانت مخفية خلف الأثاث على أي حال.

Et les meubles avaient trop d'encoches et de saillies.

وكانت قطع الأثاث تحتوي على الكثير من الشقوق والنتوءات.

Et puis, juste à côté de lui, en roulant, il y avait une pomme.

ثم، بجانبه مباشرة، كانت هناك تفاحة تتدحرج.

Il réalisa que la pomme avait dû lui être lancée.

أدرك أن التفاحة لا بد أنها ألقيت عليه.

Mais il n'eut pas le temps de réfléchir qu'une autre pomme arriva.

لكن لم يكن لديه وقت للتفكير قبل أن تأتي تفاحة أخرى.

Gregor resta figé, sous le choc de la nouvelle stratégie de son père.

تجمد غريغور من الصدمة أمام استراتيجية الأب الجديدة.

Il ne pouvait plus rien gagner à essayer de fuir.

لم يعد بإمكانه تحقيق أي شيء من محاولة الركض.

Le père avait décidé de le bombarder de fruits.

قرر الأب أن يغمره بالفاكهة.

Il avait rempli ses poches avec les fruits du bol de la cuisine.

لقد ملأ جيوبه من وعاء الفاكهة في المطبخ.

Sans viser particulièrement, il lançait pomme après pomme.

دون أن يقصد ذلك تحديداً، كان يرمي التفاحة تلو الأخرى.

Ces petites pommes rouges roulaient sur le sol.

تتدحرجت هذه التفاحات الحمراء الصغيرة على الأرض.

Comme électrifiées, les pommes se heurtèrent les unes aux autres.

وكأنها مكهربة، اصطدمت التفاحات ببعضها البعض.

Une des pommes, lancée mollement, a effleuré le dos de Gregor.

أصابت إحدى التفاحات التي ألقيت بشكل ضعيف ظهر غريغور.

Heureusement pour lui, la pomme a glissé sans le blesser.

ولحسن حظه، انزلقت التفاحة دون أن تسبب له أي ضرر.

Cependant, la pomme lancée ensuite était plus précise.

لكن التفاحة التي ألقيت بعد ذلك كانت أكثر دقة.

Et cette pomme s'est logée profondément dans le dos de Gregor.

واستقرت هذه التفاحة عميقاً في ظهر غريغور.

Gregor voulait s'éloigner de la douleur.

أراد غريغور أن يسحب نفسه بعيداً عن الألم.

Peut-être pourrait-on échapper à cette nouvelle douleur inimaginable.

ربما يمكن التخلص من هذا الألم الجديد الذي لا يُصدق.

Un changement d'endroit pourrait peut-être soulager son supplice.

ربما يخفف تغيير المكان من معاناته.

Mais il avait l'impression d'être cloué au sol.

لكنه شعر وكأنه مثبت بالأرض.

Il s'étira, mais seulement à cause de sa confusion.

تمدد، ولكن فقط بسبب ارتباكه.

Ce n'est qu'à son dernier regard qu'il vit la porte s'ouvrir.

لم يرَ الباب يُفتح إلا بنظرة أخيرة.

La mère s'est précipitée devant sa sœur qui hurlait.

اندفعت الأم إلى الخارج أمام أختها التي كانت تصرخ.

Sa sœur l'avait déshabillée, elle était donc encore en chemise.

لقد جردتها أختها من ملابسها، لذا كانت ترتدي قميصها فقط.

Elle avait besoin de respirer pendant son inconscience.

كانت بحاجة إلى مساحة للتنفس في حالة اللاوعي.

Il voyait encore la mère courir vers le père.

لا يزال يرى كيف ركضت الأم نحو الأب.

Ses jupes glissèrent au sol, l'une après l'autre.

انزلقت تنانيرها إلى الأرض، واحدة تلو الأخرى.

Il la vit s'approcher du père et trébucher sur sa jupe.

رآها تقترب من الأب، ثم تعثرت بتنورتها.

L'enlaçant, elle demanda qu'on épargne la vie de Gregor.

احتضنته، وطلبت منه أن ينقذ حياة غريغور.

En parfaite harmonie avec son corps, sa vue s'est éteinte.

في حالة اندماج تام مع جسده، فقد بصره.

Troisième partie
الجزء الثالث

Gregor a souffert de cette grave blessure pendant plus d'un mois.

عانى غريغور من الإصابة الخطيرة لأكثر من شهر.

La pomme restait incrustée ; personne n'osait l'enlever.

بقيت التفاحة مغروسة في مكانها؛ ولم يجرؤ أحد على إزالتها.

La pomme restait plantée dans sa chair comme un rappel visible.

بقيت التفاحة في جسده كتذكير مرئي.

Mais la pomme servait aussi de rappel au père.

لكن التفاحة كانت بمثابة تذكير للأب أيضاً.

Il comprit que Gregor ne devait pas être traité comme un ennemi.

أدرك أنه لا ينبغي معاملة غريغور كعدو.

Actuellement, son apparence pourrait être triste et repoussante.

قد يكون مظهره الحالي محزناً ومثيراً للاشمئزاز.

Mais il restait néanmoins un membre de leur famille.

لكن مع ذلك، كان لا يزال فرداً من عائلتهم.

Il a fallu accepter et tolérer cette réticence.

كان لا بد من تقبّل هذا التردد وتحمّله.

En raison de sa blessure, il risque fort de perdre sa mobilité à jamais.

بسبب إصابته، قد يفقد قدرته على الحركة إلى الأبد.

Il continuait à ramper dans sa chambre, mais beaucoup plus lentement.

كان لا يزال يزحف في غرفته، لكن ببطء شديد.

Ramper à une quelconque hauteur était hors de question.

كان الزحف على أي ارتفاع أمراً مستحيلاً.

Mais Gregor a bien reçu une forme de compensation.

لكن غريغور حصل على شكل من أشكال التعويض.

Le soir, la porte du salon lui fut ouverte.

وفي المساء فُتح له باب غرفة المعيشة.

Et il estimait que ces réparations étaient tout à fait adéquates.

وشعر أن هذه التعويضات كانت كافية تماماً.

Avant le soir, il avait déjà commencé à surveiller la porte.

قبل حلول المساء، بدأ بالفعل بمراقبة الباب.

Il était allongé dans l'obscurité, invisible depuis le salon.

كان يرقد في الظلام، غير مرئي من غرفة المعيشة.

Il pouvait voir toute la famille à la table illuminée.

كان بإمكانه رؤية جميع أفراد العائلة على الطاولة المضاءة.

Il était désormais autorisé à écouter leurs conversations.

سُمح له الآن بالاستماع إلى محادثاتهم.

C'était très différent de leur arrangement précédent.

كان هذا مختلفًا تمامًا عن ترتيبهم السابق.

Les conversations animées d'autrefois étaient terminées.

انتهت المحادثات الحيوية التي كانت سائدة في الماضي.

C'étaient ces conversations qu'il désirait tant.

كانت هذه هي المحادثات التي اعتاد أن يتوق إليها.

Lorsqu'il dormait seul dans de petites chambres d'hôtel.

عندما كان ينام وحيداً في غرف فندقية صغيرة.

Quand il a dû se jeter dans les draps humides.

عندما اضطر إلى إلقاء نفسه في أغطية السرير الرطبة.

Mais les soirées étaient désormais généralement calmes et sans incident.

لكن الأمسيات الآن كانت هادئة في الغالب وخالية من الأحداث.

Le père s'est endormi dans son fauteuil après le dîner.

غفا الأب على كرسيه بعد العشاء.

Et la mère et la sœur s'exhortaient mutuellement à se taire.

وحثت الأم والأخت بعضهما البعض على التزام الصمت.

La mère, penchée très haut sur la lampe, cousait du lin.

انحنت الأم فوق الضوء، وخاطت الكتان.

Elle confectionne maintenant des robes pour l'un des magasins de mode.

إنها تصنع الفساتين لأحد متاجر الأزياء الآن.

Comme Gregor, sa sœur avait trouvé un emploi de vendeuse.

ومثل غريغور، حصلت الأخت على وظيفة بائعة.

Elle apprenait la sténographie et le français le soir.

كانت تتعلم الاختزال واللغة الفرنسية في المساء.

Afin qu'elle puisse peut-être obtenir un meilleur poste plus tard.

حتى تتمكن من الحصول على وظيفة أفضل لاحقاً.

Parfois, le père se réveillait de sa sieste du soir.

كان الأب يستيقظ أحياناً من قيلولته المسائية.

« Chérie, tu as déjà cousu tellement longtemps aujourd'hui ! »

عزيزتي، لقد كنتِ تخيطين لفترة طويلة اليوم!

Il semblait avoir oublié qu'il dormait.

بدا وكأنه نسي أنه كان نائماً.

Mais il retombait aussitôt dans son sommeil.

لكنه سرعان ما عاد إلى نومه مرة أخرى.

Et la mère et la sœur s'échangèrent un sourire las.

وابتسمت الأم والأخت لبعضهما البعض بتعب.

Le père avait développé une étrange nouvelle obstination.

لقد تطورت لدى الأب عناد غريب جديد.

Même chez lui, il refusait d'enlever son uniforme de domestique.

حتى في المنزل رفض خلع زي الخادم.

Et son peignoir pendait inutilement sur le cintre.

وظل رداء حمامه معلقاً بلا فائدة على الشماعة.

Le père dormit donc, tout habillé, dans son fauteuil.

وهكذا نام الأب، وهو يرتدي ملابسه كاملة، في كرسيه ذي الذراعين.

C'était comme s'il était toujours prêt à rendre service.

كان الأمر كما لو أنه كان دائماً على استعداد لتقديم خدماته.

Comme s'il attendait simplement la voix de son supérieur.

وكأنه كان ينتظر فقط صوت رئيسه.

Cela a eu pour conséquence que son uniforme a perdu sa propreté.

وقد أدى ذلك إلى فقدان زيه الرسمي لنظافته.

Bien que l'uniforme ne fût pas neuf lorsqu'il l'a reçu.

مع أن الزي لم يكن جديداً عندما حصل عليه أيضاً.

Et la mère faisait de son mieux pour prendre soin de l'uniforme.

وبذلت الأم قصارى جهدها للعناية بالزي المدرسي.

Gregor passait des soirées entières à contempler cet uniforme.

أمضى غريغور أمسيات كاملة وهو ينظر إلى هذا الزي.

Il observa le vieil homme dormir très mal.

راقب الرجل العجوز وهو ينام في حالة من عدم الراحة الشديدة.

Mais dans son sommeil, il remarqua aussi quelque chose de paisible.

لكنه لاحظ أيضاً شيئاً هادئاً أثناء نومه.

Lorsque l'horloge a sonné dix heures, la mère a essayé de le réveiller.

عندما دقت الساعة العاشرة حاولت الأم إيقاظه.

Elle lui parla doucement et le persuada d'aller se coucher.

تحدثت بهدوء، وأقنعته بالذهاب إلى الفراش.

Parce que dormir sur un fauteuil, ce n'était pas du vrai sommeil.

لأن النوم على الكرسي لم يكن نوماً حقيقياً.

Il allait devoir commencer à travailler à six heures.

كان عليه أن يبدأ العمل في الساعة السادسة.

Il avait donc vraiment besoin de dormir le mieux possible.

لذلك كان بحاجة ماسة إلى الحصول على أفضل نوم ممكن.

Mais il était pris d'une nouvelle forme d'obstination.

لكنه كان قد أصيب بنوع جديد من العناد.

Le fait de devenir serviteur avait commencé à avoir cet effet sur lui.

بدأ عمله كخادم يؤثر عليه بهذا الشكل.

Il insistait donc toujours pour rester plus longtemps à table.

لذلك كان يصر دائماً على البقاء لفترة أطول على الطاولة.

Bien qu'il se rendormît régulièrement dans son fauteuil.

على الرغم من أنه كان ينام بانتظام على كرسيه مرة أخرى.

Et il ne pouvait être déplacé qu'avec la plus grande difficulté.

ولم يكن من الممكن تحريكه إلا بصعوبة بالغة.

Il a fallu lui dire que ce lit lui conviendrait mieux.

كان لا بد من إخباره بأن السرير سيكون أفضل له.

La mère et la sœur ont dû insister, malgré quelques avertissements.

كان على الأم والأخت الإصرار على ذلك مع تحذيرات قليلة.

Pendant quinze minutes, il se contenta de secouer lentement la tête.

لمدة خمس عشرة دقيقة، لم يفعل سوى هز رأسه ببطء.

Et il garda les yeux fermés et refusa de se lever.

وأبقى عينيه مغمضتين، ورفض النهوض.

La mère tira doucement, mais fermement, sur sa manche.

سحبت الأم كمّه برفق، ولكن بحزم.

Et elle lui murmurait des mots flatteurs à l'oreille, encore fatiguée.

وهمست بكلمات إطراء في أذنيه المتعبتين.

La sœur a interrompu sa tâche pour aider sa mère.

تركت الأخت المهمة التي كانت تقوم بها لمساعدة والدتها.

Mais aucun de leurs efforts n'a fonctionné sur le père.

لكن لم تنجح أي من محاولاتهم مع الأب.

Il s'enfonça encore plus profondément dans son fauteuil,
prêt à dormir.

انغمس أكثر في كرسيه، مستعداً للنوم.

Et finalement, les femmes l'ont attrapé sous les aisselles.

وأخيراً أمسكت به النساء من تحت إبطيه.

Il ouvrit les yeux et les regarda tour à tour.

فتح عينيه ونظر إليهما بالتناوب.

« Quelle vie ! » se plaignit-il en allant se coucher.

"يا لها من حياة!"، هكذا اشتكى وهو يذهب إلى الفراش.

« Est-ce là la paix qui m'a été accordée dans ma vieillesse ? »

"هل هذا هو السلام الذي مُنح لي في شيخوختي؟"

Mais alors, s'appuyant sur les deux femmes, il se leva
maladroitement.

لكن بعد ذلك، اتكأ على المرأتين ونهض على نحوٍ أخرق.

Il agissait comme s'il portait le fardeau le plus lourd.

تصرف وكأنه يحمل أثقل عبء.

Il laissa les deux femmes le conduire au fond de la pièce.

سمح للمرأتين أن تقوداه إلى نهاية الغرفة.

Là, il leur souhaita bonne nuit et poursuivit son chemin seul.

وهناك ودّعهم، ثم تابع طريقه بمفرده.

Mais la mère jeta précipitamment son nécessaire à couture.

لكن الأم ألقت على عجل بأدوات الخياطة الخاصة بها.

Et la sœur posa elle aussi le stylo et le bloc-notes.

وقامت الأخت أيضاً بوضع القلم والمفكرة جانباً.

Et ils coururent derrière le père pour l'aider davantage.

وركضوا خلف الأب لمساعدته أكثر.

Qui, dans cette famille surmenée, avait du temps à consacrer
à Gregor ?

من في هذه العائلة المنهكة كان لديه وقت لغريغور؟

Qui aurait pu lui accorder plus d'attention que nécessaire ?

من الذي كان بإمكانه أن يمنحه اهتماماً أكثر من اللازم؟

Le budget des ménages est devenu de plus en plus restreint.

أصبحت ميزانية الأسرة مقيدة بشكل متزايد.

Finalement, pour faire des économies, ils ont dû licencier la bonne.

في النهاية، ولتوفير المال، اضطروا إلى الاستغناء عن الخادمة.

Elle fut remplacée par une femme à la carrure imposante et aux cheveux blancs.

تم استبدالها بامرأة ذات بنية عظمية قوية وشعر أبيض.

Mais cette femme ne venait que le matin et le soir.

لكن هذه المرأة لم تكن تأتي إلا في الصباح والمساء.

Et tout le travail le plus lourd et le plus pénible lui avait été réservé.

وتم توفير كل الأعمال الشاقة والمرهقة لها.

Toutes les autres tâches ménagères étaient prises en charge par la mère.

كانت الأم تتولى جميع الأعمال المنزلية الأخرى.

Il est même arrivé que plusieurs bijoux de famille soient vendus.

بل وصل الأمر إلى بيع العديد من مجوهرات العائلة.

Des bijoux que les femmes avaient portés avec joie lors des festivités.

المجوهرات التي كانت النساء يرتدينها بسعادة خلال الاحتفالات.

Gregor a appris cela lors d'une discussion générale.

تعلم غريغور هذا من إحدى المناقشات العامة.

Le principal grief, cependant, portait sur autre chose.

لكن الشكوى الأكبر كانت شيئاً آخر.

L'appartement était trop grand, mais ils ne pouvaient pas déménager.

كانت الشقة كبيرة جدًّا، لكنهم لم يتمكنوا من الانتقال منها.

Il était impossible de déplacer Gregor.

لم يكن هناك أي سبيل لنقل غريغور.

Mais Gregor comprit que ce n'était pas seulement une question de considération.

لكن غريغور أدرك أن الأمر لم يكن مجرد مراعاة.

Quelque chose d'autre les a empêchés de déménager ailleurs.

ثمة شيء آخر منعهم من الانتقال إلى مكان آخر.

Il aurait facilement pu être transporté dans une caisse appropriée.

كان من الممكن نقله بسهولة في صندوق مناسب.

Leur sentiment de désespoir total les a paralysés.

لقد أعاقتهم مشاعر اليأس التام.

Ils ne voulaient pas admettre que le malheur les avait frappés.

لم يرغبوا في الاعتراف بأن سوء الحظ قد أصابهم.

Ils ont accompli ce que le monde exige des pauvres.

لقد قاموا بتلبية ما يطلبه العالم من الفقراء.

Le père a apporté le petit déjeuner au jeune employé de banque.

أحضر الأب وجبة الإفطار لموظف البنك الصغير.

La mère s'est sacrifiée pour laver le linge d'inconnus.

ضحت الأم بنفسها من أجل غسيل ملابس الغرباء.

La sœur faisait des allers-retours pour prendre les commandes des clients.

كانت الأخت تركض جيئة وذهاباً لتلبية طلبات الزبائن.

Mais ils n'avaient tout simplement plus la force d'en faire plus.

لكنهم لم يمتلكوا القوة الكافية لفعل المزيد.

La blessure dans le dos de Gregor commença à le faire
encore plus souffrir.

بدأ الجرح في ظهر غريغور يؤلمه أكثر فأكثر.

Chaque soir, la mère et la sœur amenaient le père au lit.

كل ليلة كانت الأم والأخت تحضران الأب إلى الفراش.

Ils laissèrent leur travail où il était et s'assirent ensemble.

تركوا أعمالهم في مكانها، وجلسوا معاً.

Ils se rapprochèrent et s'assirent joue contre joue.

ثم اقتربا من بعضهما، وجلسا متلاصقين.

La mère désigna la pièce d'où il observait.

أشارت الأم إلى الغرفة التي كان يراقب منها.

« Pourriez-vous fermer la porte ? » demanda-t-elle à sa sœur.

سألت الأخت: "هل يمكنكِ إغلاق الباب؟"

Et Gregor se retrouva de nouveau seul dans le noir.

ثم تُرك غريغور وحيداً في الظلام مرة أخرى.

Et dans la pièce voisine, la femme mêla leurs larmes.

وفي الغرفة المجاورة، امتزجت دموع المرأة بدموعهما.

Ou bien ils restaient assis, les yeux secs, fixant simplement
la table.

أو جلسوا بلا دموع، يحدقون في الطاولة فحسب.

Gregor ne dormait pratiquement pas, ni la nuit ni le jour.

لم ينم غريغور تقريباً على الإطلاق، لا ليلاً ولا نهاراً.

Il réfléchissait souvent à la façon dont il pourrait aider sa
famille.

كان يفكر كثيراً في كيفية مساعدة العائلة.

Il songea à gagner à nouveau de l'argent pour eux.

فكر في كسب المال مرة أخرى من أجلهم.

Il songea à faire ce qu'il faisait autrefois pour eux.

فكر في أن يفعل ما كان يفعله من أجلهم.

Le représentant autorisé lui revint dans ses pensées.

عاد الممثل المعتمد إلى ذهنه.

Et cette fois, le patron est également venu à l'appartement.

وهذه المرة جاء المدير أيضاً إلى الشقة.

Et les commis et les apprentis étaient là aussi.

وكان الموظفون والمتدربون حاضرين أيضاً.

Même le domestique un peu simplet est venu le voir.

حتى موظف المكتب بطيء الفهم جاء لرؤيته.

Il y avait deux ou trois amis d'autres entreprises.

كان هناك اثنان أو ثلاثة أصدقاء من شركات أخرى.

Une des femmes de chambre d'un hôtel de province.

إحدى عاملات تنظيف الغرف في فندق في إحدى المقاطعات.

Un souvenir précieux et fugace auquel il s'efforçait de s'accrocher.

ذكرى عزيزةً وعابرة حاول التمسك بها.

Une caissière d'une chapellerie pour laquelle il avait des intentions.

أمينة صندوق من متجر قبعات كان يكن لها نوايا.

Mais il avait été un peu trop lent à obtenir son approbation.

لكنه كان بطيئاً بعض الشيء في كسب موافقتها.

Ils lui apparurent tous, mêlés à des inconnus.

لقد ظهروا جميعاً في أفكاره، ممزوجين بأشخاص غرباء.

Et d'autres n'apparurent pas ; ils étaient déjà oubliés.

وآخرون لم يظهروا؛ لقد تم نسيانهم بالفعل.

Mais ils ne l'ont pas aidé, ni lui, ni sa famille.

لكنهم لم يساعدوه، ولم يساعدوا عائلته أيضاً.

Ils étaient inaccessibles, et il était content quand ils sont partis.

كانوا بعيدين عن متناوله، وكان سعيداً عندما رحلوا.

Il n'était pas toujours d'humeur à se soucier de sa famille.

لم يكن دائماً في مزاج يسمح له بالقلق على عائلته.

Et il était rempli de rage à cause de ce manque d'attention.

وقد امتلأ غضباً بسبب قلة الاهتمام.

Et il ne pouvait imaginer rien qui puisse lui faire envie.

ولم يستطع أن يتخيل أي شيء يشتهيه.

Mais il avait tout de même prévu de cambrioler le garde-manger.

لكنه مع ذلك وضع خططاً لاقتحام المخزن.

Et il allait prendre tout ce qui lui était dû.

وكان سيأخذ كل ما يستحقه.

Sa sœur ne faisait plus aucun effort particulier pour lui.

لم تعد الأخت تبذل أي جهد خاص من أجله.

Elle ne consacrait plus de temps à chercher à lui plaire.

لم تعد تقضي وقتها في التفكير في إرضائه.

Avant d'aller travailler, elle a rapidement glissé de la nourriture dans la pièce.

قبل بدء العمل، دفعت بسرعة بعض الطعام إلى الغرفة.

Et le soir venu, elle a rapidement ramassé les restes.

وفي المساء قامت بجمع الطعام بسرعة مرة أخرى.

Elle ne faisait plus attention à savoir s'il avait mangé ou non.

لم تعد تلاحظ ما إذا كان قد تناول الطعام أم لا.

Le plus souvent, la nourriture restait intacte.

في أغلب الأحيان، يُترك الطعام دون أن يمس.

Elle continuait de traverser la pièce rapidement le soir.

كانت لا تزال تجوب الغرفة بسرعة في المساء.

Mais maintenant, elle se contentait du strict minimum, aussi vite que possible.

لكنها الآن تقوم بالحد الأدنى فقط، بأسرع ما يمكن.

Des traînées de saleté jonchaient les murs.

بقيت آثار من الأوساخ تمتد على طول الجدران.

Des boules de poussière et de détritus jonchaient le sol.

تُركت كرات من الغبار والقمامة ملقاة على الأرض.

Gregor manifesta son désapprobation face à son manque d'attention.

أبدى غريغور استياءه من عدم اكتراثها.

Il se tourna selon un angle particulièrement significatif.

استدار بزاوية بالغة الأهمية.

Mais il aurait pu rester à ce poste pendant des semaines.

لكن كان بإمكانه البقاء في منصبه لأسابيع.

Sa sœur n'aurait pas remarqué son mécontentement.

لم تكن أخته لتلاحظ استياءه.

Elle voyait la saleté aussi bien que lui, voire mieux.

لقد رأت التراب بنفس جودة رؤيته، إن لم يكن أفضل.

Mais elle avait décidé de laisser la saleté où elle était.

لكنها قررت ترك التراب في مكانه.

À cette époque, elle a développé une sensibilité totalement nouvelle.

في ذلك الوقت، تبنت حساسية جديدة تماماً.

Elle s'était donné pour mission de nettoyer la chambre de Gregor.

لقد جعلت تنظيف غرفة غريغور مسؤوليتها.

La famille a été touchée par sa gentillesse et sa prévenance.

تأثرت العائلة بلطفها وكرمها.

Une fois, sa mère avait nettoyé sa chambre de fond en comble.

في إحدى المرات، قامت الأم بتنظيف غرفته تنظيفاً شاملاً.

Ce n'est qu'après avoir utilisé plusieurs seaux d'eau qu'elle a réussi.

لم تنجح إلا بعد استخدام بضعة دلاء من الماء.

Cependant, l'humidité nouvelle dans la pièce a nui à Gregor.

لكن الرطوبة الجديدة في الغرفة أضرت بغريغور.

Et il gisait, étendu de tout son long, amer et immobile sur le canapé.

واستلقى على الأريكة، وقد بدا عليه المرارة والجمود.

Mais ce n'était que sa première punition pour avoir aidé.

لكن ذلك لم يكن سوى عقابها الأول على مساعدتها.

La sœur remarqua rapidement le changement dans la chambre de Gregor.

لاحظت الأخت بسرعة التغيير في غرفة غريغور.

Et elle s'est précipitée dans le salon, extrêmement insultée.

وركضت إلى غرفة المعيشة، وقد شعرت بإهانة بالغة.

Sa mère leva les mains et tenta de la supplier.

رفعت والدتها يديها وحاولت أن تتوسل إليها.

Mais malgré une explication sincère, elle a éclaté en sanglots.

لكن على الرغم من التفسير الصادق، انفجرت في البكاء.

Le père, bien sûr, sursauta et se leva de sa chaise.

بالطبع، قفز الأب من على كرسيه مذعوراً.

Et les deux parents regardaient, stupéfaits et impuissants.

ونظر الوالدان في ذهول وعجز.

Et finalement, leurs émotions s'agitèrent elles aussi.

وفي النهاية، أصبحت مشاعرهم مضطربة أيضاً.

Le père a reproché à la mère ce qu'elle avait fait.

وبخ الأب الأم على ما فعلته.

« Tu aurais dû laisser la chambre à Grete pour qu'elle la nettoie. »

كان عليك أن تترك الغرفة لجريت لتنظيفها.

Grete a crié sur sa mère parce qu'elle avait nettoyé sa chambre.

صرخت غريت في وجه والدتها لأنها كانت تنظف غرفته.

«Tu n'as plus jamais le droit de nettoyer sa chambre !»

"ممنوع عليكِ تنظيف غرفته مرة أخرى أبداً"!

La mère a essayé d'entraîner le père dans la chambre.

حاولت الأم جر الأب إلى غرفة النوم.

La sœur resta seule dans la pièce, tremblante et sanglotant.

تُركت الأخت في الغرفة ترتجف وتبكي.

Et elle frappa la table avec ses petits poings.

ثم ضربت الطاولة بقبضتيها الصغيرتين.

Et Gregor siffla bruyamment de colère contre eux tous.

وأطلق غريغور صيحة غضب عالية في وجههم جميعاً.

Pourquoi personne n'avait-il pensé à lui fermer la porte ?

لماذا لم يفكر أحد في إغلاق الباب له؟

Ils auraient pu lui épargner ce spectacle et ce bruit.

كان بإمكانهم أن يجنبوه هذا المشهد والضجيج.

Sa sœur était épuisée après être rentrée du travail.

كانت الأخت منهكة بعد عودتها إلى المنزل من العمل.

Et s'occuper de Gregor représentait encore plus de travail
pour elle.

وكانت رعاية غريغور بمثابة عمل شاق بالنسبة لها.

Mais cela ne signifie pas que la mère aurait dû le faire.

لكن هذا لا يعني أن الأم كان ينبغي أن تفعل ذلك.

Gregor, en revanche, ne doit pas être négligé.

أما غريغور، من ناحية أخرى، فلا ينبغي إهماله.

Mais maintenant, ils avaient une nouvelle bonne qui
pouvait faire ce genre de choses.

لكن الآن لديهم خادمة جديدة تستطيع القيام بمثل هذه الأشياء.

Une veuve âgée à la charpente osseuse robuste.

أرملة مسنة تتمتع ببنية عظمية قوية.

Une stature qui l'a aidée à survivre à sa vie difficile.

مكانة ساعدتها على النجاة من حياتها الصعبة.

L'apparence de Gregor ne lui déplaisait pas vraiment.

لم يكن لديها أي نفور حقيقي من مظهر غريغور.

Elle avait ouvert la porte de la chambre de Gregor par
inadvertance.

لقد فتحت باب غرفة غريغور عن طريق الخطأ.

Ce n'était pas par curiosité particulière à propos de la pièce.

لم يكن ذلك بدافع فضول خاص بشأن الغرفة.

Elle faisait simplement son travail et a ouvert la porte par hasard.

كانت تؤدي وظيفتها فحسب، وصدف أن فتحت الباب.

Gregor, bien sûr, fut complètement surpris par elle.

بالطبع، فوجئ غريغور بها تماماً.

Il n'était pas poursuivi, mais il courait d'avant en arrière.

لم يكن يُطارد، لكنه كان يركض ذهابًا وإيابًا.

Elle croisa simplement les bras et le regarda ramper.

ثم قامت بطي ذراعيها، وراقبته وهو يزحف.

Depuis lors, elle lui entrouvrait toujours un peu la porte.

ومنذ ذلك الحين، كانت تفتح له الباب قليلاً دائماً.

Un matin, elle a jeté un coup d'œil pour voir comment il allait.

في إحدى المرات في الصباح، نظرت إليه لتطمئن عليه.

Et le soir, elle est allée prendre de ses nouvelles avant de partir.

وفي المساء، تفقدت حاله قبل أن تغادر.

Au début, elle a aussi essayé de l'appeler pour qu'il vienne la rejoindre.

في البداية حاولت أيضاً أن تناديه ليأتي إليها.

« Viens par ici, vieux bousier ! » disait-elle.

كانت تقول: "تعال إلى هنا، أيها الخنفساء العجوز"!

Ou bien elle disait, amicalement : « Regardez ce vieux bousier ! »

أو قالت: "انظر إلى خنفساء الروث العجوزا"، على سبيل المزاح.

Gregor n'a jamais réagi lorsqu'on lui parlait de cette façon.

لم يرد غريغور أبداً على التحدث إليه بتلك الطريقة.

Il resta là, immobile, et l'ignora.

بقي هناك دون أن يتحرك، وتجاهلها.

« Si seulement on lui avait expliqué comment faire correctement son travail. »

"لو أنها فقط أخبرت بكيفية القيام بعملها بشكل صحيح".

« Au lieu de me déranger, elle devrait nettoyer ma chambre. »

"بدلاً من أن تزعجني، عليها أن تنظف غرفتي".

Tôt le matin, une forte pluie a frappé les fenêtres.

في إحدى المرات في الصباح الباكر، هطل مطر غزير على النوافذ.

Peut-être la pluie était-elle déjà un signe du printemps à venir.

ربما كان المطر بالفعل علامة على قدوم الربيع.

La bonne recommença à lui parler de cette façon.

بدأت الخادمة تتحدث إليه بتلك الطريقة مرة أخرى.

Gregor était tellement amer qu'il se tourna vers elle.

كان غريغور شديد المرارة لدرجة أنه استدار لمواجهتها.

Il était lent et infirme, mais c'était une sorte d'attaque.

كان بطيئاً وضعيفاً، لكنه كان نوعاً من الهجوم.

La bonne, en revanche, n'avait absolument pas peur de Gregor.

لكن الخادمة لم تكن خائفة من غريغور على الإطلاق.

Au lieu de cela, elle souleva une chaise qui se trouvait près de la porte.

بدلاً من ذلك، رفعت كرسياً كان بالقرب من الباب.

Et elle resta là, calmement, la bouche grande ouverte.

ووقفت هناك بهدوء، وفمها مفتوح على مصراعيه.

Ses intentions étaient claires, même Gregor pouvait le voir.

كانت نواياها واضحة، حتى غريغور كان يرى ذلك.

Et il se retourna lentement pour reprendre sa position initiale.

ثم استدار ببطء إلى موقعه الأصلي.

« Donc vous ne voulez pas vous approcher davantage, n'est-ce pas ? »

"إذن أنت لا تريد الاقتراب أكثر من ذلك، أليس كذلك؟"

Et elle remit discrètement la chaise dans le coin.

ثم أعادت الكرسي بهدوء إلى الزاوية.

Gregor ne mangeait presque plus rien.

لم يعد غريغور يأكل أي شيء تقريباً.

Parfois, lors de ses promenades dans la pièce, il s'arrêtait.

في بعض الأحيان، كان يتوقف أثناء تجوله في الغرفة.

Et il se retrouva à côté du repas qui lui avait été préparé.

ووجد نفسه بجوار الطعام المُعدّ له.

Il mit la nourriture dans sa bouche, mais seulement pour jouer avec.

وضع الطعام في فمه، ولكن فقط ليلعب به.

Et bien souvent, il le recrachait quelques heures plus tard.

وكثيراً ما كان يبصقها مرة أخرى بعد بضع ساعات.

Il essaya de trouver une raison à son manque d'appétit.

حاول أن يجد سبباً لفقدانه الشهية.

Peut-être parce qu'il était triste de l'état de sa chambre.

ربما لأنه كان حزيناً بسبب حالة غرفته.

Mais il s'était fait à l'idée des changements survenus dans la pièce.

لكنه تقبّل التغييرات التي طرأت على الغرفة.

Récemment, sa chambre était devenue une sorte de débarras.

أصبحت غرفته مؤخراً أشبه بمخزن.

Ils avaient pris l'habitude de laisser des choses là.

لقد اعتادوا على ترك الأشياء هناك.

Et il restait maintenant beaucoup de choses de ce genre dans sa chambre.

وبقيت الآن أشياء كثيرة من هذا القبيل في غرفته.

Parce qu'une chambre de l'appartement avait été louée.

لأن إحدى غرف الشقة كانت مؤجرة.

Trois messieurs sérieux louaient la chambre ensemble.

ثلاثة رجال جادين كانوا يستأجرون الغرفة معاً.

Gregor les avait aperçus un jour à travers une fente dans la porte.

لاحظهم غريغور ذات مرة من خلال شق في الباب.

Ils portaient des barbes fournies et étaient habillés avec un soin méticuleux.

كانت لديهم لحى كثيفة، وكانوا يرتدون ملابس أنيقة للغاية.

Ils étaient scrupuleux quant à la propreté des lieux.

كانوا حريصين للغاية على الحفاظ على كل شيء مرتباً.

Leur obsession pour la propreté ne s'arrêtait pas à leur chambre.

لم يقتصر إصرارهم على النظافة على غرفتهم فقط.

L'appartement entier devait être maintenu d'une propreté impeccable.

كان لا بد من الحفاظ على نظافة الشقة بأكملها بشكل مثالي.

Ils étaient encore plus pointilleux sur l'apparence de la cuisine.

بل إنهم كانوا أكثر دقة في اختيار شكل المطبخ.

Et ils ne supportaient aucun encombrement inutile.

ولم يكونوا ليتحملوا أي فوضى غير ضرورية.

Ils avaient également apporté leurs propres meubles.

كما أحضروا معهم أثاثهم الخاص.

C'est pourquoi beaucoup de choses étaient devenues superflues.

ولهذا السبب، أصبحت أشياء كثيرة زائدة عن الحاجة.

C'étaient des choses pour lesquelles personne n'aurait payé.

كانت أشياءً لن يدفع أحدٌ مقابلها أي مال.

Mais la famille ne voulait pas non plus se débarrasser de ces objets.

لكن العائلة لم ترغب أيضاً في التخلص من هذه الأشياء.

Tous ces objets ont fini quelque part dans la chambre de Gregor.

ذهبت كل هذه الأشياء إلى مكان ما في غرفة غريغور.

Le cendrier de la cuisine se trouvait désormais dans sa chambre.

أصبح صندوق الرماد من المطبخ موجوداً في غرفته الآن.

Et les ordures étaient entreposées dans sa chambre jusqu'au jour de la collecte.

وكانت القمامة تبقى في غرفته حتى يوم جمع القمامة.

La bonne a jeté dans sa chambre tout ce dont elle n'avait pas besoin.

ألقت الخادمة بكل ما لا تحتاجه في غرفته.

Heureusement, il n'a vu que la main et l'objet.

لحسن الحظ، لم يرَ أكثر من اليد والشيء.

Elle comptait probablement revenir chercher les affaires plus tard.

ربما كانت تنوي العودة لأخذ الأشياء لاحقاً.

Ou peut-être voulait-elle tout jeter d'un coup.

أو ربما أرادت التخلص من كل شيء دفعة واحدة.

Cependant, tout est resté là où il s'était initialement posé.

لكن كل شيء بقي في مكانه الذي هبط فيه أولاً.

À moins que Gregor n'ait déplacé les débris en se faufilant à travers.

إلا إذا كان غريغور قد أزاح الخردة بالتسلل من خلالها.

Au début, il a été obligé de ramper à travers tous les détritus.

في البداية، اضطر إلى الزحف عبر كل تلك الخردة.

Il lui était impossible d'éviter cela.

لم يكن أمامه أي خيار لتجنب القيام بذلك.

Mais plus tard, il a finalement trouvé du plaisir dans cette activité.

لكنه وجد لاحقاً متعة في هذا النشاط.

Bien que ces efforts l'aient laissé triste et profondément fatigué.

على الرغم من أن هذا الجهد تركه حزيناً ومتعباً للغاية.

Et ensuite, il est resté incapable de bouger pendant de nombreuses heures.

وبعد ذلك لم يتمكن من الحركة لساعات طويلة.

Les locataires prenaient parfois leurs repas dans le salon.

كان النزلاء يتناولون وجباتهم أحياناً في غرفة المعيشة.

La porte du salon restait fermée ces soirs-là.

ظل باب غرفة المعيشة مغلقاً في تلك الأمسيات.

Mais Gregor n'avait aucune difficulté à ne pas ouvrir la porte à présent.

لكن غريغور لم يجد صعوبة في عدم فتح الباب الآن.

Même lorsque la porte était ouverte, il ne regardait pas toujours dehors.

حتى عندما كان الباب مفتوحاً، لم يكن ينظر إلى الخارج دائماً.

Mais il s'allongea dans le coin le plus sombre de la pièce.

لكنه استلقى في أحلك زاوية من الغرفة.

La famille n'a pas non plus remarqué son manque d'attention.

لم تلاحظ العائلة أيضاً عدم انتباهه.

Mais une fois, la bonne a laissé la porte ouverte.

لكن في إحدى المرات تركت الخادمة الباب مفتوحاً.

La porte est restée ouverte même au retour des locataires.

ظل الباب مفتوحاً حتى بعد عودة النزلاء.

Et la porte était ouverte quand la lumière a été allumée.

وكان الباب مفتوحاً عندما تم تشغيل الضوء.

L'homme était assis à la table où la famille dînait.

جلس الرجل على الطاولة التي تناولت عليها العائلة العشاء.

Autrefois, père, mère et Gregor étaient assis là.

جلس الأب والأم وغريغور هناك في أزمنة سابقة.

Ils déplièrent les serviettes et prirent des couteaux et des fourchettes.

قاموا بفتح المناديل، وأخذوا السكاكين والشوك.

La mère apparut sur le seuil avec un bol de viande.

ظهرت الأم في المدخل ومعها وعاء من اللحم.

Puis sa sœur est entrée avec un bol plein de pommes de terre.

ثم دخلت الأخت ومعها وعاء مليء بالبطاطس.

Les locataires se penchèrent sur les bols placés devant eux.

انحنى النزلاء فوق الأوعية الموضوعة أمامهم.

L'épaisse fumée des aliments leur montait jusqu'au nez.

وصل الدخان الكثيف المنبعث من الطعام إلى أنوفهم.

Mais ils n'avaient pas encore décidé s'ils allaient manger.

لكنهم لم يقرروا بعد ما إذا كانوا سيأكلون الطعام أم لا.

Peut-être renverraient-ils le plat en cuisine.

ربما يعيدون الوجبة إلى المطبخ.

L'homme assis au milieu semblait être l'autorité.

بدا الرجل الجالس في المنتصف وكأنه صاحب السلطة.

Il a coupé la viande pour déterminer si elle était suffisamment tendre.

قام بتقطيع اللحم ليتأكد من أنه طري بما فيه الكفاية.

Il était satisfait de l'odeur et de l'apparence des aliments.

كان راضياً عن رائحة الطعام ومظهره.

La mère et la sœur les observaient avec anxiété.

كانت الأم والأخت تراقبانهم بقلق.

Et ils commencèrent à sourire, poussant un soupir de soulagement accumulé.

وبدأوا يبتسمون وهم يتنفسون الصعداء بعد أن هدأت مشاعرهم.

La famille allait elle-même manger dans la cuisine.

كانت العائلة نفسها ستتناول الطعام في المطبخ.

Mais avant cela, le père alla voir comment allaient les locataires.

لكن الأب ذهب أولاً للاطمئنان على النزلاء.

Il s'inclina une fois, tenant sa casquette de travail à la main.

انحنى مرة واحدة، وهو يحمل قبعته التي حصل عليها من العمل في يده.

Et il fit le tour de la table, saluant chaque invité.

ثم طاف حول الطاولة، متوجهاً إلى كل ضيف.

Les locataires se levèrent tous en marmonnant dans leur barbe.

نهض جميع النزلاء وهم يتمتمون في لحاهم.

Après son départ, ils mangèrent dans un silence presque complet.

بعد أن غادر، تناولوا الطعام في صمت شبه تام.

Gregor trouvait étrange d'entendre des bruits de mastication.

بدا الأمر غريباً بالنسبة لغريغور أنه يستطيع سماع صوت المضغ.

Aucun autre aspect du repas ne semblait produire le moindre son.

لم يصدر أي صوت آخر أثناء تناول الطعام.

Mais il pouvait distinctement entendre des dents grincer.

لكنه كان يسمع بوضوح صوت صرير الأسنان.

Ils semblaient lui dire qu'il avait besoin de dents pour manger.

بدا أنهم يخبرونه بأنه يحتاج إلى أسنان ليأكل.

« On ne peut rien faire si on n'a plus de dents dans la mâchoire. »

"لا يمكنك فعل أي شيء إذا كانت فكاك بلا أسنان".

« J'aimerais manger quelque chose », dit Gregor avec anxiété.

قال غريغور بقلق: "أود أن آكل شيئاً".

« Mais je n'ai aucun appétit pour ce que vous mangez tous. »

"لكنني لا أشتهي ما تأكلونه جميعاً".

« Regardez ces locataires manger, et moi je meurs de faim. »

"انظروا إلى هؤلاء النزلاء وهم يأكلون، وأنا هنا أتضور جوعاً".

Ce soir-là, Gregor pensait justement au violon.

صادف أن فكر غريغور في الكمان في ذلك المساء.

Il n'avait plus entendu le violon depuis la transformation.

لم يسمع صوت الكمان منذ التحول.

Mais ce soir-là, un bruit est venu de la cuisine.

ولكن بعد ذلك، في هذا المساء، صدر صوت من المطبخ.

Les messieurs avaient déjà terminé leur repas du soir.

كان السادة قد انتهوا بالفعل من تناول وجبة العشاء.

L'homme du milieu avait commencé à lire un journal.

بدأ الرجل الذي في المنتصف بقراءة صحيفة.

Il avait donné une feuille à chacun des deux autres
messieurs.

أعطى الرجلين الآخرين ورقة لكل منهما.

Et maintenant, ils étaient affalés en arrière, en train de lire et
de fumer.

والآن كانوا يسترخون ويقرأون ويدخنون.

Lorsque le violon commença à jouer, ils devinrent attentifs.

عندما بدأ الكمان بالعزف، أصبحوا منتبهين.

Ils se levèrent et marchèrent sur la pointe des pieds jusqu'à
la porte de l'antichambre.

نهضوا وساروا على أطراف أصابعهم نحو باب الغرفة الأمامية.

Ils se tenaient là, blottis les uns contre les autres, écoutant à
la porte.

وقفوا هنا متجمعين معاً، يستمعون عند الباب.

La famille a dû entendre les hommes qui étaient dans la
cuisine.

لا بد أن العائلة سمعت الرجال من المطبخ.

Car le père les appela et leur demanda :

لأن الأب نادى عليهم وسألهم؛

« Le violon ne serait-il pas inconfortable pour ces messieurs ? »

"هل الكمان غير مريح للسادة؟"

« Si la musique ne vous plaît pas, on peut s'arrêter immédiatement. »

"إذا لم تعجبك الموسيقى، يمكننا التوقف فوراً".

« Au contraire », dit celui du milieu des messieurs.

"على العكس من ذلك"، قال الرجل الأوسط.

« La jeune fille aimerait-elle jouer du violon dans notre chambre ? »

"هل ترغب الشابة في العزف على الكمان في غرفتنا؟"

« C'est nettement plus confortable et chaleureux ici. »

"بالتأكيد المكان هنا أكثر راحة ودفئاً".

Le père répondit comme s'il était lui-même le violoniste.

أجاب الأب كما لو كان عازف الكمان نفسه.

« Oh, je vous en prie, ce serait merveilleux », s'écria le père.

"أوه، من فضلك، سيكون ذلك رائعاً"، صرخ الأب.

Les messieurs retournèrent au salon et attendirent.

عاد الرجال إلى غرفة المعيشة وانتظروا.

Peu après, le père entra dans la pièce avec le pupitre.

سرعان ما دخل الأب إلى الغرفة ومعه حامل النوتات الموسيقية.

La mère entra dans la pièce avec le livre de musique.

دخلت الأم إلى الغرفة ومعها كتاب الموسيقى.

Et la sœur entra dans la pièce avec le violon.

ودخلت الأخت إلى الغرفة ومعها الكمان.

Elle a calmement tout préparé pour jouer du violon.

قامت بهدوء بتحضير كل شيء لعزف الكمان.

Les parents exagéraient leur politesse et leurs bonnes manières.

بالغ الوالدان في إظهار أدبهما وحسن سلوكهما.

Ils n'avaient jamais loué de chambres à des locataires auparavant.

لم يسبق لهم تأجير غرف للمستأجرين من قبل.

Et ils n'osaient même pas s'asseoir sur leurs propres chaises.

ولم يجرؤوا حتى على الجلوس على كراسيهم.

Au lieu de s'asseoir, le père s'appuya contre la porte.

بدلاً من الجلوس، اتكأ الأب على الباب.

Sa main droite était coincée entre deux boutons de son manteau.

كانت يده اليمنى بين زرين من أزرار معطفه.

Un monsieur a toutefois offert une chaise à la mère.

لكن الأم عُرض عليها كرسياً من قبل رجل نبيل.

Mais elle s'assit là où le monsieur avait placé la chaise.

لكنها جلست حيث وضع الرجل الكرسي.

Et il n'avait pas placé la chaise à un endroit précis.

ولم يضع الكرسي في مكان محدد.

La mère s'assit donc à l'écart de tout le monde, dans un coin.

فجلست الأم بعيداً عن الجميع، في زاوية.

Et finalement, la sœur s'est mise à jouer du violon.

وأخيراً بدأت الأخت بالعزف على الكمان.

Les parents, placés de part et d'autre, suivaient attentivement.

كان الوالدان، الجالسان على جانبين متقابلين، يوليان اهتماماً بالغاً.

Et ils observaient attentivement chacun des mouvements de sa main.

وراقبوا بعناية كل حركة من حركات يدها.

Gregor était également attiré par le jeu du violon.

انجذب غريغور أيضاً إلى عزف الكمان.

Et il s'aventura un peu plus loin hors de sa chambre.

ثم خرج من غرفته قليلاً.

Il avait déjà la tête dans le salon.

كان قد دخل بالفعل إلى غرفة المعيشة ورأسه داخلها.

Il était très fier d'être très attentionné.

كان يفتخر كثيراً بكونه شخصاً مراعياً للآخرين.

Mais récemment, il ne remettait guère en question son manque d'attention.

لكن مؤخراً لم يعد يشكك في إهماله.

Même s'il avait maintenant plus de raisons de se cacher qu'auparavant.

على الرغم من أن لديه الآن أسباباً أكثر للاختباء مما كان عليه في السابق.

Parce que sa chambre était recouverte de poussière et de saletés diverses.

لأن غرفته كانت مغطاة بالغبار والأوساخ المختلفة.

Le moindre mouvement soulevait toutes sortes d'immondices.

أدنى حركة كانت تثير كل أنواع القذارة.

Toute cette saleté lui collait à la peau : poussière, cheveux, restes de nourriture.

كل هذا التراب التصق به؛ الغبار والشعر وبقايا الطعام.

Il aurait pu frotter la saleté contre le tapis.

كان بإمكانه مسح الأوساخ على السجادة.

C'était quelque chose qu'il faisait plusieurs fois par jour.

كان هذا شيئاً اعتاد أن يفعله عدة مرات يومياً.

Mais son indifférence à tout était bien trop grande.

لكن لامبالاته بكل شيء كانت أكبر من اللازم.

Il n'avait donc pas peur d'aller un peu plus loin.

لذلك لم يكن يخشى المضي قدماً قليلاً.

Et il s'est installé sur le sol impeccable du salon.

ثم انتقل إلى أرضية غرفة المعيشة النظيفة تماماً.

Cependant, personne ne l'a remarqué, ni ne lui a prêté attention.

لكن لم يلاحظه أحد، ولم يكترث به أحد.

La famille était complètement absorbée par le concert.

كانت العائلة منغمسة تماماً في الحفل الموسيقي.

Les messieurs, quant à eux, ont d'abord battu en retraite.

أما السادة، من جانبهم، فقد تراجعوا في البداية.

Et ils se tenaient tout près, derrière le pupitre de la sœur.

ووقفوا خلف حامل النوتات الموسيقية الخاص بالأخت مباشرةً.

S'ils avaient regardé, ils auraient pu voir les notes de musique.

لو أنهم نظروا لكانوا قد رأوا النوتات الموسيقية.

Cela aurait évidemment perturbé la sœur.

وهذا بالطبع كان سيثير قلق الأخت.

Alors, au lieu de s'asseoir, ils restèrent debout près de la fenêtre.

ثم وقفوا بجانب النافذة بدلاً من الجلوس.

Les mains dans les poches, ils continuaient à parler.

استمروا في الكلام وأيديهم في جيوبهم.

Ils restèrent là tandis que le père les observait avec anxiété.

وبقوا هناك بينما كان الأب يراقب بقلق.

On avait l'impression qu'ils avaient d'autres attentes.

كان لدى المرء انطباع بأن لديهم توقعات أخرى.

Et il semblait vraiment qu'ils avaient été déçus.

وبدا الأمر حقاً كما لو أنهم شعروا بخيبة أمل.

Il semblait qu'ils en avaient assez du spectacle.

بدا أنهم قد اكتفوا من العرض.

Ils avaient laissé le violon troubler leur tranquillité.

لقد سمحوا للكمان أن يزعج سلامهم.

Et ils ne toléraient la musique que par politesse.

ولم يتحملوا الموسيقى إلا من باب المجاملة.

La façon dont ils ont dissipé la fumée était particulièrement troublante.

كانت طريقة نفخهم للدخان مثيرة للقلق بشكل خاص.

Et pourtant, elle jouait du violon avec une telle beauté.

ومع ذلك، كانت تعزف على الكمان بشكل جميل للغاية.

Son visage était légèrement incliné sur le côté, sur le violon.

كان وجهها مائلاً برفق إلى الجانب، على الكمان.

Son regard parcourait tristement les lignes de la musique.

كانت عيناها تبحثان بحزن على طول خطوط الموسيقى.

Gregor se sentait un peu plus attiré par le salon.

شعر غريغور بأنه منجذب إلى غرفة المعيشة أكثر قليلاً.

Il gardait la tête près du sol, mais regardait vers le haut.

أبقى رأسه قريباً من الأرض، لكنه نظر إلى الأعلى.

Peut-être que de cette façon, le regard de sa sœur croiserait le sien.

ربما بهذه الطريقة قد تلتقي نظرة أخته بعينيه.

Peut-on vraiment dire qu'il n'était qu'un animal ?

هل يمكن القول حقاً إنه كان مجرد حيوان؟

Était-il un animal si la musique pouvait le captiver à ce point ?

هل كان حيواناً إن كانت الموسيقى قادرة على أسره إلى هذا الحد؟

Il avait l'impression qu'on lui montrait un chemin vers une nourriture inconnue.

شعر وكأنه قد أُري طريقاً إلى غذاء مجهول.

C'était peut-être là le réconfort qui lui manquait.

ربما كان هذا هو الغذاء الذي كان يفتقده.

Il était déterminé à rejoindre sa sœur.

كان مصمماً على الوصول إلى أخته.

Il avait envie de tirer sur sa jupe pour attirer son attention.

أراد أن يشد تنورتها ليلفت انتباهها.

Il voulait lui faire comprendre qu'il l'invitait.

أراد أن يعطيها تلميحاً بدعوة.

« Viens jouer du violon dans ma chambre », aurait-il voulu dire.

"تعال واعزف على الكمان في غرفتي"، هكذا أراد أن يقول.

Il souhaitait qu'elle soit récompensée pour sa magnifique musique.

أراد أن يكافئها على موسيقاها الجميلة.

« Personne ici ne te récompense pour jouer du violon. »

"لا أحد هنا يكافئك على عزفك على الكمان".

Il ne voulait plus la laisser sortir de sa chambre.

لم يعد يريد أن يسمح لها بالخروج من غرفته.

Il voulait qu'elle reste avec lui aussi longtemps qu'il vivrait.

كان يريدها أن تبقى معه طوال حياته.

Pour la première fois, sa transformation eut un avantage.

ولأول مرة، كان لتحوله فائدة.

Sa difformité allait enfin lui être utile.

أخيرًا، سيصبح تشوهه مفيدًا له.

Il voulait être présent simultanément aux quatre portes.

أراد أن يكون عند الأبواب الأربعة جميعها في وقت واحد.

Il avait envie de les siffler et de leur cracher dessus de tous les côtés.

كان يريد أن يزمجر ويبصق عليهم من كل جانب.

Sa sœur ne devrait pas être forcée de rester avec lui.

لا ينبغي إجبار أخته على البقاء معه.

Il voulait qu'elle choisisse volontairement de rester avec lui.

كان يريدها أن تختار البقاء معه طواعية.

Elle allait s'asseoir à côté de lui et se pencher vers lui.

كانت ستجلس بجانبه وتنحني نحوه.

Et il allait lui parler de l'école de musique.

وكان سيخبرها عن مدرسة الموسيقى.

Il avait la ferme intention de l'envoyer à l'académie.

كان لديه نية راسخة لإرسالها إلى الأكاديمية.

Il en aurait parlé à tout le monde à Noël dernier.

كان سيخبر الجميع بهذا الأمر في عيد الميلاد الماضي.

Noël était-il déjà passé ?

هل مرّ عيد الميلاد بالفعل مرة أخرى؟

Et il n'aurait laissé personne le dissuader.

ولم يكن ليسمح لأحد أن يثنيه عن ذلك.

Mais un accident malheureux a tout arrêté.

لكن الحادث المؤسف أوقف كل شيء.

La sœur aurait été submergée par l'émotion.

كانت الأخت ستغمرها المشاعر.

Et Gregor aurait alors grimpé jusqu'à son épaule.

وبعد ذلك كان غريغور سيتسلق إلى كتفها.

Et il l'aurait réconfortée en l'embrassant dans le cou.

وكان سيواسيها بتقبيل رقبتها.

« Monsieur Samsa ! » appela l'homme au milieu au père.

"سيد سامسا!" نادى الرجل الذي في المنتصف الأب.

Il pointait Gregor du doigt.

كان يشير بإصبعه السبابة نحو غريغور.

Gregor traversait lentement le salon.

كان غريغور يتحرك ببطء عبر أرضية غرفة المعيشة.

Le jeu du violon s'est très vite tu.

سرعان ما توقف عزف الكمان.

Celui du milieu sourit à ses amis.

ابتسم الرجل الأوسط من بين الرجال الثلاثة لأصدقائه.

Puis il secoua la tête et regarda Gregor.

ثم هز رأسه، ونظر إلى غريغور.

Le père aurait pu forcer Gregor à retourner dans sa chambre.

كان بإمكان الأب إجبار غريغور على العودة إلى غرفته.

Mais ce n'était pas la première action qu'il décida
d'entreprendre.

لكن ذلك لم يكن الإجراء الأول الذي قرر القيام به.

Il estimait qu'il était plus important de calmer ces messieurs.

كان يعتقد أن تهدئة السادة أهم.

Bien qu'ils ne fussent pas vraiment contrariés par Gregor.

على الرغم من أنهم لم يكونوا منزعجين حقًا من غريغور.

Gregor semblait plus divertissant que le jeu de violon.

بدا غريغور أكثر إمتاعاً من عزف الكمان.

Il s'est précipité vers eux, les bras tendus.

اندفع نحوهم وهو يمد ذراعيه.

Il faisait de son mieux pour leur cacher la vue de Gregor.

كان يبذل قصارى جهده لإخفاء وجهة نظرهم تجاه غريغور.

Et il a essayé de les faire retourner dans leur chambre.

وحاول تشجيعهم على العودة إلى غرفتهم.

Au contraire, cela les a un peu agacés.

بل إن هذا الأمر قد أزعجهم قليلاً.

Mais il était difficile de dire exactement ce qui les agaçait.

لكن كان من الصعب تحديد ما أزعجهم بالضبط.

Le père gâchait le divertissement de la soirée.

كان الأب يُفسد متعة الليلة.

Mais ils venaient aussi d'apprendre l'existence de leur nouveau colocataire.

لكنهم علموا للتو بأمر زميلهم الجديد في السكن.

Ils levèrent les mains comme l'avait fait leur père.

رفعوا أيديهم تماماً كما فعل الأب.

Ils ont exigé une explication immédiate du père.

طالبوا الأب بتفسير فوري.

Ils tiraient nerveusement sur leur barbe, cherchant une réponse.

ظلوا يشدون لحاهم بلا كلل بحثاً عن إجابة.

Et ils reculèrent jusqu'à leur chambre, mais très lentement.

ثم تراجعوا إلى غرفتهم، ولكن ببطء شديد.

L'interruption avait plongé la sœur dans une sorte de transe.

أدى هذا الانقطاع إلى دخول الأخت في حالة من الذهول.

Elle laissa pendre le violon et l'archet le long de son corps.

تركت الكمان والقوس يتدليان على جانبها.

Et elle regarda la partition comme si elle jouait encore.

ونظرت إلى النوتة الموسيقية كما لو كانت لا تزال تعزف.

Mais soudain, elle est revenue dans la pièce.

لكنها فجأة سحبت نفسها عائدة إلى الغرفة.

Et elle avait désormais surmonté le sentiment d'être perdue.

وقد تغلبت الآن على شعورها بالضياع.

Elle a posé l'instrument de musique sur les genoux de sa mère.

وضعت الآلة الموسيقية على حجر والدتها.

La mère était assise sur la chaise, respirant bruyamment.

كانت الأم جالسة على الكرسي، تتنفس بصعوبة.

Et puis la sœur a dû courir dans la pièce voisine.

ثم اضطرت الأخت إلى الركض إلى الغرفة المجاورة.

Elle devait tout préparer pour les messieurs.

كان عليها أن تُجهز كل شيء للسادة.

Elle a jeté les couvertures et les coussins en l'air.

ألقت بالبطانيات والوسائد في الهواء.

Et de ses mains expertes, elle a disposé toute la literie.

وبيديها الماهرتين قامت بترتيب جميع أغطية الفراش.

Elle avait terminé avant que les messieurs n'atteignent la pièce.

انتهت من عملها قبل أن يصل الرجال إلى الغرفة.

Et elle s'est éclipsée avant de les gêner.

وانسلت خارجة قبل أن تعيق طريقهم.

Le père semblait prisonnier de son propre entêtement.

بدا أن الأب قد وقع أسيراً لعناده.

Et il oublia ainsi tout le respect qu'il devait à ses locataires.

وهكذا نسي كل الاحترام الذي كان يدين به لمستأجريه.

Il a insisté sans relâche jusqu'à ce que leur porte-parole s'y oppose.

ضغط وضغط حتى اعترض المتحدث باسمهم.

Il a tapé du pied avec colère en arrivant à la porte.

داس بقدمه بغضب عندما وصل إلى الباب.

Et c'est ainsi qu'il immobilisa le père.

وبذلك أوقف الأب عن الحركة.

« Par la présente, je déclare », commença-t-il en s'adressant à son propriétaire.

"أعلن بموجب هذا"، بدأ يخاطب مالك العقار.

Et il leva la main, regardant toute la famille.

ورفع يده ناظراً إلى جميع أفراد العائلة.

« En ce qui concerne l'état répugnant de la chambre ; »

"فيما يتعلق بالظروف المقززة للغرفة؛"

Et il s'assurait que tous écoutaient ses paroles.

وحرص على أن يستمع الجميع إلى كلماته.

« Par la présente, je vous informe que je vais libérer ma chambre. »

"أعلن بموجب هذا أنني سأخلي غرفتي".

Et il a appuyé son propos en crachant par terre.

وأكد وجهة نظره أكثر بالبصق على الأرض.

« Je ne paierai pas non plus pour les jours que j'ai passés ici. »

"ولن أدفع ثمن الأيام التي عشتها هنا".

Il n'était cependant pas entièrement satisfait de ce remboursement.

لكنه لم يكن راضياً تماماً عن هذا المبلغ المسترد.

« Et j'envisagerai de formuler d'autres demandes à votre encontre. »

"وسأدرس تقديم مطالب أخرى ضدك".

« Croyez-moi, de telles demandes seront très faciles à justifier. »

"صدقني، سيكون من السهل جداً تبرير مثل هذه المطالب".

Il resta silencieux et regarda droit devant lui, vers son père.

صمت ونظر مباشرة إلى الأب.

Il semblait s'attendre à ce qu'il se passe quelque chose de plus.

بدا وكأنه يتوقع حدوث شيء آخر.

En fait, ses deux amis ont immédiatement eu la même idée.

في الواقع، خطرت الفكرة نفسها على بال صديقيه على الفور.

« Nous annulons également nos réservations de chambres », ont-ils déclaré à l'unisson.

وقالوا بصوت واحد: "سنقوم أيضاً بإلغاء حجوزات غرفنا."

Il a alors saisi la poignée de la porte et l'a fermée.

ثم أمسك بمقبض الباب وأغلقه.

Et dans un grand fracas, ils s'enfermèrent dans leur chambre.

وبصوت دوي عالٍ أغلقوا على أنفسهم في غرفتهم.

Le père s'est dirigé en titubant vers sa chaise, les mains tâtonnantes.

ترنّح الأب إلى كرسيه ويداه تتلمّسان.

Et il se laissa tomber sur la chaise, vaincu.

ثم ترك نفسه يسقط على الكرسي، وقد استسلم للهزيمة.

On aurait dit qu'il allait faire sa sieste habituelle du soir.

بدا الأمر كما لو أنه كان ذاهباً لأخذ قيلولته المسائية المعتادة.

Mais sa tête hocha presque comme si elle n'était pas soutenue.

لكن رأسه أومأ كما لو أنه لم يكن مدعوماً.

Et on pouvait voir qu'il ne dormait pas du tout.

وكان من الواضح أنه لم يكن نائماً على الإطلاق.

Durant tout ce temps, Gregor n'avait pas bougé de sa place.

طوال كل هذا، لم يتحرك غريغور من مكانه.

Il était toujours là où les messieurs l'avaient aperçu pour la première fois.

كان لا يزال في المكان الذي رآه فيه السادة أولاً.

Même s'il avait voulu déménager, il trouvait cela impossible.

حتى لو أراد الانتقال، وجد ذلك مستحيلاً.

À cause de sa déception, ou à cause de sa faim.

بسبب خيبة أمله، أو بسبب جوعه.

Il était déçu par l'échec de son plan.

شعر بخيبة أمل بسبب فشل خطته.

Et il était affaibli par la faim persistante qu'il ressentait.

وكان ضعيفاً بسبب الجوع الشديد الذي شعر به.

Il était certain que tout le monde se retournerait contre lui à tout moment.

كان متأكدًا من أن الجميع سينقلبون عليه في أي لحظة.

C'est avec cette certitude d'un effondrement imminent qu'il attendit.

وبهذا التوقع بانهيار وشيك، انتظر.

Le violon commença à glisser des genoux de sa mère.

بدأ الكمان ينزلق من على حجر الأم.

Dans un fracas retentissant, le violon tomba au sol.

وبصوت مدوٍّ، سقطت الكمان على الأرض.

Mais même ce bruit soudain et fracassant ne l'a pas surpris.

لكن حتى هذا الصوت المفاجئ لم يزعجه.

« Chers parents, dit la sœur, cela ne peut pas continuer. »

قالت الأخت: "أيها الوالدان العزيزان، لا يمكن أن يستمر هذا الوضع."

Et elle a frappé du poing sur la table pour appuyer ses propos.

ثم ضربت بيدها على الطاولة لتؤكد وجهة نظرها.

« Je ne prononcerai pas le nom de mon frère devant ce monstre. »

"لن أنطق باسم أخي أمام هذا الوحش".

« C'est pourquoi je le dis aussi crûment que possible : »

"لهذا السبب أقول هذا بأوضح صورة ممكنة":

«Nous n'avons pas d'autre choix que de nous débarrasser de cet animal.»

"ليس لدينا خيار سوى التخلص من هذا الحيوان".

« Nous avons fait de notre mieux pour tolérer et prendre soin de cet animal. »

"لقد بذلنا قصارى جهدنا لتحمل هذا الحيوان والاعتناء به".

« Je ne pense pas que quiconque puisse nous blâmer, même légèrement. »

"لا أعتقد أن بإمكان أي شخص أن يلومنا ولو قليلاً".

« Elle a mille fois raison », a acquiescé le père.

"إنها محقة ألف مرة"، هذا ما وافق عليه الأب.

La mère n'avait pas encore complètement repris son souffle.

لم تكن الأم قد استعادت أنفاسها بالكامل بعد.

Elle se mit à tousser sourdement dans sa main, la respiration lourde.

بدأت تسعل بشكل خافت في يدها، وتتنفس بصعوبة.

Et une expression de folie commença à apparaître dans ses yeux.

وبدأت تظهر في عينيها نظرة جنونية.

La sœur s'est précipitée vers sa mère et lui a pris le front.

اندفعت الأخت نحو والدتها وأمسكت بجبهتها.

Les paroles de la sœur semblaient inspirer le père.

بدا أن الأب قد تأثر بكلام أخته.

Et ses pensées semblaient plus claires qu'auparavant.

وبدا أن أفكاره أصبحت أكثر وضوحاً من ذي قبل.

Il cessa d'acquiescer et se redressa.

توقف عن هز رأسه، وجلس منتصباً مرة أخرى.

Et il jouait avec la casquette de son serviteur, plongé dans ses pensées.

وكان يلعب بقبعة خادمه، غارقاً في أفكاره.

Les assiettes des locataires étaient encore sur la table.

كانت أطباق المستأجرين لا تزال على الطاولة.

Et il regardait parfois vers Gregor, qui restait silencieux.

وكان ينظر أحياناً نحو غريغور الصامت.

« Nous devons essayer de nous en débarrasser », lui dit sa sœur.

قالت له أخته: "يجب أن نحاول التخلص منه".

La mère était trop occupée à tousser pour écouter.

كانت الأم منشغلة جداً بالسعال لدرجة أنها لم تستمع.

« Ça va vous tuer tous les deux, je le vois déjà venir. »

"سيقتلكما هذا الأمر، أستطيع أن أرى ذلك قادماً بالفعل".

«Nous ne pouvons pas tous continuer à travailler aussi dur que nous le faisons.»

"لا يمكننا جميعاً الاستمرار في العمل بنفس الجدية التي نبذلها".

« Et chaque jour, nous devons rentrer chez nous et subir ce supplice. »

"وكل يوم نعود إلى المنزل لنواجه هذا العذاب".

« Nous n'en pouvons plus. Je n'en peux plus. »

"لم نعد نستطيع تحمل ذلك. لم أعد أستطيع تحمله".

Elle s'est effondrée dans les bras de sa mère, en larmes une dernière fois.

انهارت بين ذراعي والدتها في نوبة بكاء أخيرة.

Les larmes coulèrent sur son visage et sur celui de sa mère.

انهمرت الدموع على وجهها وعلى وجه والدتها.

Et elle essuya ses larmes d'un geste machinal.

ومسحت دموعها بحركة آلية.

« Mon enfant », dit le père d'une voix compatissante.

قال الأب بصوت حنون: "يا بني".

Il y avait une profonde sympathie et une grande compréhension dans sa voix.

كان في صوته تعاطف وفهم عميقان.

« Mais que devons-nous faire ? » avoua-t-il ne pas savoir.

"لكن ماذا ينبغي علينا أن نفعل؟" اعترف بأنه لا يعرف.

La sœur haussa simplement les épaules, impuissante.

هزت الأخت كتفيها في حالة من العجز.

Et sa confiance d'antan fit de nouveau place aux larmes.

وعادت الدموع لتحل محل ثقتها السابقة.

« Si seulement il nous comprenait », dit le père à voix haute.

قال الأب بصوت عالٍ: "ليته فقط يفهمنا."

Et il se demandait à moitié si Gregor avait compris.

وتساءل في قرارة نفسه عما إذا كان غريغور قد فهم الأمر.

La sœur lui a secoué la main violemment en pleurant.

هزت الأخت يدها بعنف وهي تبكي.

Elle a donc indiqué qu'il ne fallait pas envisager cette idée.

وهكذا أشارت إلى أنه لا ينبغي التفكير في هذه الفكرة.

« Mais si seulement il nous comprenait », répéta le père.

"لكن لو أنه فقط فهمنا"، كرر الأب.

Les yeux fermés, il réfléchit à la réponse de sa sœur.

أغمض عينيه وتأمل في إجابة أخته.

« S'il comprenait qu'un accord pouvait être conclu avec lui. »

"إذا فهم أنه يمكن التوصل إلى اتفاق معه".

« Mais vu la situation actuelle… »

..."لكن مع الوضع الراهن".

«Il faut l'enlever,» s'écria la sœur, «c'est la seule solution.»

صرخت الأخت قائلة: "يجب أن يرحل، إنه السبيل الوحيد."

«Il faut vous débarrasser de l'idée que c'est Gregor.»

"عليك أن تتخلص من فكرة أنه غريغور".

« Notre véritable malheur, c'est d'y avoir cru si longtemps. »

"إن تصديقنا لذلك لفترة طويلة هو مصيبتنا الحقيقية".

« Mais comment est-ce possible que ce soit Gregor ? »
demanda-t-elle à son père.

"لكن كيف يمكن أن يكون غريغور؟" سألت والدها.

« Il savait qu'un tel animal ne pouvait pas coexister avec les
humains. »

"كان يعلم أن مثل هذا الحيوان لا يمكنه التعايش مع البشر".

« Gregor nous aurait quittés depuis longtemps,
volontairement. »

"كان غريغور سيتركنا منذ زمن بعيد، طواعيةً".

« C'est vrai, nous n'aurions alors plus de frère. »

"هذا صحيح، لن يكون لدينا أخ حينها".

« Mais nous pourrions continuer à vivre et à honorer sa
mémoire. »

"لكن بإمكاننا الاستمرار في العيش وتكريم ذكراه".

« Mais cette bête nous poursuit et chasse nos locataires. »

"لكن هذا الوحش يطاردنا ويطرد مستأجرينا".

« De toute évidence, il veut s'emparer de tout l'appartement.
»

"من الواضح أنها تريد الاستيلاء على الشقة بأكملها".

« Cette bête veut nous faire dormir dans la rue. »

"هذا الوحش يريد أن يجعلنا ننام في الشارع".

« Regarde, papa, » s'écria-t-elle soudain, « il bouge à
nouveau ! »

صرخت فجأة: "انظر يا أبي، إنه يتحرك مرة أخرى"!

Et elle fit quelque chose que même Gregor ne put
comprendre.

وفعلت شيئاً لم يستطع حتى غريغور فهمه.

Elle se repoussa, comme pour sacrifier sa mère.

دفعت نفسها بعيداً، كما لو كانت تضحي بالأم.

Et elle a couru derrière son père pour trouver une sorte de
sécurité.

وركضت خلف والدها بحثاً عن نوع من الأمان.

Le père n'était agité que parce que sa fille l'était.

لم يكن الأب منزعجاً إلا لأن ابنته كانت كذلك.

Mais lui aussi se leva et leva les bras au-dessus d'elle.

لكنه نهض أيضاً، ورفع ذراعيه فوقها.

Mais Gregor n'avait aucune intention d'effrayer qui que ce soit.

لكن غريغور لم يكن ينوي إخافة أحد.

Il n'avait surtout aucune intention d'effrayer sa sœur.

لم تكن لديه أي أفكار على الإطلاق بشأن إخافة أخته.

Il essayait simplement de faire demi-tour pour retourner dans sa chambre.

كان يحاول فقط العودة إلى غرفته.

Mais, compte tenu de l'aggravation de son état, même cela devenait difficile.

لكن حتى هذا كان صعباً في ظل تدهور حالته.

Et il ne pouvait plus se servir pleinement de ses jambes.

ولم يعد بإمكانه استخدام جميع ساقيه بشكل كامل.

Il utilisa donc sa tête pour soulever son corps et se retourner.

لذلك استخدم رأسه لرفع جسده والالتفاف.

Il marqua une pause et chercha l'approbation de sa famille du regard.

توقف للحظة، ونظر حوله بحثاً عن موافقة العائلة.

Il semble que sa bonne intention ait été reconnue.

يبدو أن حسن نيته قد تم تقديره.

Son mouvement ne leur avait procuré qu'un choc momentané.

لم تكن حركته سوى صدمة مؤقتة بالنسبة لهم.

À présent, ils le regardaient tous en silence, visiblement malheureux.

والآن كانوا جميعاً ينظرون إليه في صمت حزين.

La mère était toujours allongée dans le fauteuil, épuisée.

كانت الأم لا تزال مستلقية على الكرسي بذراعين، منهكة.

Le père et la sœur étaient assis l'un à côté de l'autre.

كان الأب والأخت يجلسان بجانب بعضهما البعض.

« Peut-être qu'ils me laisseront faire demi-tour maintenant », pensa Gregor.

"ربما سيسمحون لي الآن بالعودة"، فكر غريغور.

Et il continua à effectuer son mouvement de rotation maladroit.

واستمر في القيام بحركته الدائرية المحرجة.

Il ne pouvait réprimer les halètements occasionnels dus à l'effort.

لم يستطع كبح أنفاسه المتقطعة التي تنتابه من شدة الجهد.

Et il a été contraint de se reposer à plusieurs reprises entre-temps.

واضطر إلى أخذ قسط من الراحة مرتين خلال ذلك.

Plus personne ne le pressait ; c'était à lui de décider.

لم يعد أحد يجبره على التسرع الآن؛ الأمر متروك له.

Finalement, il acheva ce virage lent et douloureux.

وفي النهاية أكمل الانعطاف البطيء والمؤلم.

Il se dirigea aussitôt vers sa chambre.

بدأ على الفور بالعودة مباشرة إلى غرفته.

Il était stupéfait de la distance qui le séparait de sa chambre.

لقد اندهش من مدى بعده عن غرفته.

Comment, malgré sa faiblesse, avait-il réussi à y parvenir auparavant ?

كيف وصل إلى هناك من قبل رغم ضعفه؟

Il avait emprunté presque le même chemin sans s'en apercevoir.

لقد سلك نفس الطريق تقريباً دون أن يلاحظ.

Il se concentrait simplement sur le fait de ramper aussi vite qu'il le pouvait.

ركز فقط على الزحف بأسرع ما يمكن الآن.

L'absence de commentaires ne le dérangeait pas.

لم يزعجه عدم وجود أي تعليقات من أي شخص.

Ce n'est que lorsqu'il fut déjà à l'intérieur qu'il tourna la tête.

لم يلتفت إلا بعد أن دخل من الباب.

Mais il n'a pas pu se retourner complètement.

لكنه لم يتمكن من الالتفاف والنظر إلى الوراء تماماً.

Car il sentit sa nuque se raidir encore davantage en se tournant.

لأنه شعر بأن رقبته تتصلب أكثر عندما استدار.

Mais il constata que rien n'avait changé derrière lui.

لكنه رأى أن شيئاً لم يتغير خلفه على أي حال.

La seule différence, c'est que sa sœur s'était levée.

الفرق الوحيد هو أن أخته قد وقفت.

Son dernier regard lui montra que sa mère s'était endormie.

أظهرت نظرته الأخيرة أن والدته قد غفت.

Dès qu'il fut entré dans sa chambre, la porte fut fermée.

بمجرد دخوله غرفته، تم إغلاق الباب.

Et dès que la porte fut fermée, le verrouilla.

وبمجرد إغلاق الباب، تم قفل المزلاج.

Gregor fut effrayé par le bruit inattendu derrière lui.

شعر غريغور بالخوف من الضوضاء غير المتوقعة التي صدرت من الخلف.

Et ses jambes fléchirent sous lui, surprises par la soudaineté.

وارتخت ساقاه تحته من شدة المفاجأة.

C'est sa sœur qui s'était précipitée vers la porte derrière lui.

كانت أخته هي التي هرعت إلى الباب خلفه.

Elle s'était déjà dressée, et l'attendait.

كانت قد وقفت هناك بالفعل منتصبة، وانتظرته.

Elle fit alors un petit saut en avant sans que Gregor ne l'entende.

ثم قفزت للأمام بخفة دون أن يسمعها غريغور.

« Enfin ! » s'écria-t-elle en tournant la clé.

"أخيرًا!" صاحت بصوت عالٍ وهي تدير المفتاح.

« Et maintenant ? » se demanda Gregor, seul dans l'obscurité.

"ماذا الآن؟" تساءل غريغور في نفسه، وحيداً في الظلام.

Il s'aperçut bientôt qu'il ne pouvait plus bouger du tout.

سرعان ما اكتشف أنه لم يعد قادراً على الحركة على الإطلاق.

Mais son immobilité ne le surprenait pas vraiment.

لكنه لم يكن متفاجئاً حقاً من عدم قدرته على الحركة.

Pouvoir se déplacer sur des jambes aussi fines semblait ridicule.

كان التحرك بهذه السيقان النحيلة أمراً سخيفاً.

Il ne savait pas comment il avait pu y parvenir.

لم يكن يعرف كيف تمكن من فعل ذلك من قبل.

Mais à part ça, il se sentait relativement à l'aise.

لكن بصرف النظر عن ذلك، شعر براحة نسبية.

Il est vrai qu'il ressentait une douleur intense dans tout le corps.

صحيح أنه شعر بألم عميق في جميع أنحاء جسده.

Mais la douleur semblait s'atténuer de plus en plus.

لكن بدا أن الألم يضعف أكثر فأكثر.

Et il avait l'impression que la douleur finirait par disparaître.

وشعر أن الألم سيزول في النهاية.

Il sentait à peine la pomme pourrie dans son dos.

لم يعد يشعر بالتفاحة الفاسدة في ظهره.

Il repensa à sa famille avec émotion et amour.

استرجَع ذكريات عائلته بمشاعر جياشة وحب.

Il ressentait les émotions de sa sœur encore plus intensément qu'elle.

لقد شعر بمشاعر أخته أكثر مما شعرت هي بها.

Elle avait raison ; il devait partir.

كانت محقة فيما قالته؛ كان عليه أن يرحل.

Il passa quelque temps dans cet état désert et paisible.

لقد أمضى بعض الوقت في هذه الحالة الهادئة والخالدة.

L'horloge sonna trois fois, doucement mais fermement.

دقت الساعة ثلاث مرات، بهدوء ولكن بحزم.

Gregor fut doucement tiré de ses pensées.

أخرج غريغور بلطف من شروده.

Il regarda la lumière du matin pénétrer lentement dans sa chambre.

راقب ضوء الصباح وهو يدخل غرفته ببطء.

Puis sa tête s'affaissa complètement, malgré lui.

ثم انحنى رأسه إلى الأسفل تماماً، رغماً عنه.

Et son dernier souffle s'échappa faiblement de ses narines.

وخرجت أنفاسه الأخيرة ضعيفة من أنفه.

La femme de chambre est entrée dans sa chambre tôt le matin.

دخلت الخادمة غرفته في الصباح الباكر.

Elle n'a rien trouvé d'inhabituel lors de sa courte visite habituelle.

لم تجد شيئاً غير عادي خلال زيارتها القصيرة المعتادة.

À bout de forces et dans la précipitation, elle claqua toutes les portes.

بدافع القوة والعجلة، أغلقت جميع الأبواب بقوة.

Il était impossible de dormir paisiblement dans tout l'appartement.

لم يكن النوم الهادئ ممكناً في الشقة بأكملها.

On lui avait demandé d'éviter de faire cela le matin.

طُلب منها تجنب القيام بذلك في الصباح.

Elle pensait qu'il restait allongé là, immobile, exprès.

ظنت أنه كان مستلقياً هناك بلا حراك عن قصد.

Peut-être voulait-il lui montrer qu'il était offensé.

ربما أراد أن يُظهر لها أنه شعر بالإهانة.

Elle lui faisait confiance et pensait qu'il était doté d'une
intelligence hors du commun.

لقد وثقت به وبأنه يمتلك كل أنواع الذكاء.

Il se trouve qu'elle tenait le long balai à la main.

كانت تحمل المكنسة الطويلة في يدها.

Alors, depuis la porte, elle essaya de chatouiller un peu
Gregor.

لذا، حاولت من الباب أن تدغدغ غريغور قليلاً.

Elle était un peu agacée qu'il ne réponde pas du tout.

كانت منزعجة قليلاً لأنه لم يرد على الإطلاق.

Alors cette fois, elle le poussa un peu plus fermement.

لذا ضغطت عليه بقوة أكبر هذه المرة.

Comme il n'opposait aucune résistance, elle l'examina de
plus près.

عندما لم يبدِ أي مقاومة، ألقت نظرة فاحصة.

Elle comprit rapidement ce qui était réellement arrivé à
Gregor.

سرعان ما أدركت ما حدث بالفعل لغريغور.

Elle ouvrit davantage les yeux et siffla pour elle-même.

فتحت عينيها على اتساعهما، وصفّرت لنفسها.

Mais elle n'a pas tardé à ouvrir la porte.

لكنها لم تضيع الكثير من الوقت قبل أن تفتح الباب.

Et elle cria d'une voix forte dans l'obscurité :

وصرخت بصوت عالٍ في الظلام:

«Viens voir, il est là, complètement mort.»

"تعال وانظر، ها هو ذا، ميت تماماً".

Les deux parents étaient assis bien droits dans leur lit conjugal.

جلس الوالدان منتصبين في سريرهما الزوجي.

Il leur fallait d'abord surmonter le choc du bruit.

كان عليهم أولاً التغلب على صدمة الضوضاء.

Mais peu à peu, ils ont commencé à comprendre son message.

لكنهم بدأوا بعد ذلك ببطء في فهم رسالتها.

Monsieur et Madame Samsa ont chacun sauté de leur côté du lit.

قفز السيد والسيدة سامسا كلٌ على جانبه من السرير.

M. Samsa jeta l'épaisse couverture sur ses épaules.

ألقى السيد سامسا البطانية السميكة على كتفيه.

Et Mme Samsa sortit vêtue uniquement de sa chemise de nuit.

وخرجت السيدة سامسا وهي لا ترتدي سوى ثوب نومها.

C'est ainsi qu'ils entrèrent dans la chambre de Gregor.

وهكذا دخلوا غرفة غريغور.

Entre-temps, la porte du salon s'était également ouverte.

وفي الوقت نفسه، فُتح باب غرفة المعيشة أيضاً.

Grete y dormait depuis l'emménagement des locataires.

كانت غريت تنام هناك منذ أن انتقل المستأجرون إلى الشقة.

Elle était entièrement habillée comme si elle n'avait pas dormi du tout.

كانت ترتدي ملابسها كاملة كما لو أنها لم تنم على الإطلاق.

Son visage pâle semblait également témoigner de son manque de sommeil.

بدا وجهها الشاحب دليلاً على قلة نومها.

« Il est mort ? » demanda Mme Samsa en regardant la bonne.

سألت السيدة سامسا، وهي تنظر إلى الخادمة: "هل مات؟"

Elle aurait pu le confirmer en le regardant elle-même.

كان بإمكانها التأكد من ذلك بالنظر إليه بنفسها.

« Je le crois », dit la bonne en ramassant le balai.

"أعتقد ذلك"، قالت الخادمة وهي تلتقط المكنسة.

Et elle a poussé son corps sur une longue distance à travers le sol.

ودفعت جسده مسافة طويلة عبر الأرض.

Mme Samsa fit un mouvement comme si elle voulait l'arrêter.

قامت السيدة سامسا بحركة كما لو كانت تريد إيقافها.

Mais finalement, elle a laissé la bonne faire glisser Gregor.

لكنها في النهاية سمحت للخادمة بأن تخدع غريغور.

« Eh bien, » dit M. Samsa, « enfin nous pouvons remercier Dieu. »

قال السيد سامسا: "حسنًا، أخيرًا يمكننا أن نشكر الله."

Il fit le signe de croix : tête, poitrine, épaules.

رسم إشارة الصليب؛ الرأس، الصدر، الكتفين.

Et les trois femmes suivirent son exemple religieux.

واقتدت النساء الثلاث به في سلوكهن الديني.

Grete, qui ne quittait pas le cadavre des yeux, dit :

قالت غريت، التي لم ترفع عينيها عن الجثة:

«Regardez comme il est maigre, il n'a pas mangé depuis si longtemps.»

"انظروا كم كان نحيفاً، لم يأكل منذ مدة طويلة".

« La nourriture que je lui laissais chaque matin restait toujours intacte. »

"كان الطعام الذي أتركه له كل صباح يبقى دائماً دون أن يمسه أحد".

En fait, le corps de Gregor était complètement plat et sec.

في الواقع، كان جسد غريغور مسطحاً وجافاً تماماً.

C'était plus visible maintenant qu'il était au sol.

أصبح هذا الأمر أكثر وضوحاً الآن بعد أن أصبح على الأرض.

Parce que son corps n'était plus soutenu par ses jambes.

لأن جسده لم يعد مرفوعاً بواسطة ساقيه.

Et parce que rien d'autre ne venait distraire la vue.

ولأنه لم يكن هناك شيء آخر يشتت الانتباه عن المنظر.

«Viens avec nous un moment, Grete», dit Mme Samsa.

قالت السيدة سامسا: "تعالي معنا لبعض الوقت يا غريت."

Un sourire douloureux se dessinait sur ses lèvres lorsqu'elle parlait.

كانت ابتسامة مؤلمة ترتسم على شفتيها وهي تتحدث.

Grete les suivit, mais jeta aussi un coup d'œil en arrière au cadavre.

تبعتهم غريت، لكنها نظرت أيضاً إلى الجثة.

La bonne ferma la porte et ouvrit grand la fenêtre.

أغلقت الخادمة الباب وفتحت النافذة بالكامل.

Il était encore tôt, l'air était donc normalement froid.

كان الوقت لا يزال مبكراً، لذا من الطبيعي أن يكون الجو بارداً.

Mais il y avait aussi un mélange de chaleur dans l'air froid.

لكن كان هناك أيضاً مزيج من الدفء في الهواء البارد.

Comme un doux rappel que c'était désormais la fin du mois de mars.

وكأنها تذكير لطيف بأننا الآن في نهاية شهر مارس.

Les trois locataires sortirent alors eux aussi de leur chambre.

ثم خرج المستأجرون الثلاثة من غرفتهم.

Ils cherchèrent leur petit-déjeuner avec étonnement.

نظروا حولهم بدهشة بحثاً عن وجبة الإفطار.

Le petit-déjeuner a été oublié à cause de ce que la femme de chambre a trouvé.

تم نسيان وجبة الإفطار بسبب ما وجدته الخادمة.

« Où est le petit-déjeuner ? » grommela l'homme du milieu.

"أين الفطور؟" تذمر الرجل الذي كان في المنتصف.

La bonne porta son doigt à sa bouche pour demander le silence.

وضعت الخادمة إصبعها على فمها لتأمر بالهدوء.

Et elle salua les messieurs d'un geste rapide et silencieux.

ولوّحت بسرعة وبصمت للسادة.

La servante fit entrer les trois messieurs dans la pièce.

أدخلت الخادمة الرجال الثلاثة إلى الغرفة.

Et elle a continué à leur expliquer ce qui s'était passé.

وواصلت شرح ما حدث لهم.

Et les trois messieurs se tinrent autour du corps de Gregor.

ووقف الرجال الثلاثة حول جثة غريغور.

Les mains dans les poches, ils baissèrent les yeux.

وضعوا أيديهم في جيوبهم ونظروا إلى الأسفل.

La lumière du matin inondait désormais complètement la pièce.

لقد غمر ضوء الصباح الغرفة بالكامل الآن.

La porte de la chambre s'ouvrit alors et M. Samsa apparut.

ثم انفتح باب غرفة النوم وظهر السيد سامسا.

D'un côté se trouvait sa femme, et de l'autre sa fille.

كانت زوجته على جانب، وابنته على الجانب الآخر.

M. Samsa portait déjà son uniforme.

كان السيد سامسا يرتدي زيه الرسمي بالفعل في ذلك الوقت.

On pouvait voir qu'ils avaient tous un peu pleuré.

كان من الواضح أن جميعهم كانوا يبكون قليلاً.

Grete pressa son visage contre le bras de son père.

ضغطت غريت وجهها على ذراع والدها.

« Quittez mon appartement immédiatement ! » ordonna M. Samsa.

"اخرج من شقتي فوراً!" أمر السيد سامسا.

Et il désigna la porte sans laisser partir les femmes.

وأشار إلى الباب دون أن يترك النساء يذهبن.

« Que voulez-vous dire ? » demanda l'intermédiaire,
déconcerté.

سأل الوسيط في حيرة: "ماذا تقصد؟"

Et il fit de son mieux pour sourire gentiment à M. Samsa.

وبذل قصارى جهده ليبتسم بلطف للسيد سامسا.

Les deux autres tenaient leurs mains derrière leur dos.

أما الاثنان الآخران فقد وضعا أيديهما خلف ظهورهما.

Et ils se frottèrent les mains d'impatience.

وفركوا أيديهم ببعضها البعض ترقباً.

Ils semblaient s'attendre à une violente dispute.

بدا أنهم يتوقعون حدوث شجار صاخب.

Mais ils semblaient se réjouir de la dispute à venir.

لكن يبدو أنهم كانوا سعداء بالجدال القادم.

Ils pensaient que le litige tournerait à leur avantage.

كانوا يعتقدون أن النزاع سيكون في صالحهم.

« Je maintiens exactement ce que je viens de dire », a
répondu M. Samsa.

أجاب السيد سامسا: "أعني بالضبط ما قلته للتو."

Il marchait en ligne droite avec ses deux compagnons.

سار في خط مستقيم مع رفيقيه.

Et M. Samsa s'est adressé directement à leur responsable.

وتوجه السيد سامسا مباشرة إلى رئيسهم.

Le monsieur resta d'abord immobile, le regard fixé au sol.

وقف الرجل في البداية ساكناً، ناظراً إلى الأرض.

Le contenu de sa tête était encore en train de se réorganiser.

كانت محتويات رأسه لا تزال تتشكل.

« Très bien, nous y allons », dit-il en levant les yeux vers M.
Samsa.

قال: "حسنًا، سنذهب"، ثم نظر إلى السيد سامسا.

Une nouvelle humilité semblait l'avoir soudainement
envahi.

بدا وكأن تواضعاً جديداً قد غلب عليه فجأة.

Et il semblait demander la permission pour cette décision.

وبدا أنه يستأذن قبل اتخاذ هذا القرار.

M. Samsa ouvrit grand les yeux et hocha légèrement la tête.

فتح السيد سامسا عينيه على اتساعهما وأومأ برأسه قليلاً.

Les messieurs obéirent immédiatement à son ordre.

امتثل السادة لأمره على الفور.

Et ils ont effectivement fait de longues enjambées dans le couloir.

وقد خطوا خطوات واسعة بالفعل في الردهة.

Ses amis avaient déjà cessé de se frotter les mains.

توقف أصدقاؤه بالفعل عن فرك أيديهم.

Ils avaient écouté le déroulement de la conversation.

كانوا يستمعون إلى كيفية سير المحادثة.

Et maintenant, ils couraient après lui, comme pris de peur.

وكانوا يركضون خلفه الآن، كما لو كانوا خائفين.

M. Samsa pourrait encore les isoler de leur chef.

قد يعزلهم السيد سامسا عن قائدهم.

Ils ont sorti leurs bâtons du récipient.

أخرجوا عصيهم من علبة العصي.

Et ils s'inclinèrent en silence avant de quitter l'appartement.

وانحنوا في صمت قبل أن يغادروا الشقة.

M. Samsa et les deux femmes sortirent sur le parvis.

خرج السيد سامسا والمرأتان من الساحة الأمامية.

Mais en réalité, ils n'avaient aucune raison de se méfier de ces hommes.

لكن في الحقيقة لم يكن لديهم أي سبب لعدم الثقة بالرجال.

Ils s'appuyèrent sur la rambarde pour vérifier s'ils étaient partis.

استندوا على الدرابزين للتأكد من أنهم قد ذهبوا.

Les trois messieurs descendaient effectivement les escaliers.

كان الرجال الثلاثة ينزلون الدرج بالفعل.

Ils disparurent dans un virage de l'escalier.

اختفوا عند منعطف معين من الدرج.

Puis l'escalier les ramena à la vue.

ثم أعادهم الدرج إلى الظهور.

Ce phénomène d'apparition et de disparition se répétait à chaque étage.

يتكرر هذا الظهور والاختفاء في كل طابق.

Mais finalement, ils étaient presque arrivés au fond.

لكنهم في النهاية كادوا أن يصلوا إلى القاع.

Plus ils avançaient, moins ils étaient intéressants.

كلما توغلوا أكثر، كلما أصبحوا أقل إثارة للاهتمام.

Tout le monde est rentré à la maison, comme soulagé.

عاد الجميع إلى المنزل، وكأنهم شعروا بالارتياح.

Ils décidèrent de profiter de la journée pour se reposer et aller se promener.

قرروا استغلال اليوم للراحة والذهاب في نزهة.

Ils estimaient avoir mérité cette pause dans leur travail.

شعروا أنهم يستحقون هذه الاستراحة من عملهم.

Non seulement ils méritaient cette pause, mais ils en avaient besoin.

لم يكونوا يستحقون هذه الاستراحة فحسب، بل كانوا بحاجة إليها.

Ils s'assirent à table pour écrire des lettres d'excuses.

جلسوا على الطاولة ليكتبوا رسائل اعتذار.

M. Samsa a adressé une lettre d'excuses à sa direction.

كتب السيد سامسا رسالة اعتذار إلى إدارته.

Mme Samsa a écrit sa lettre d'excuses à ses clients.

كتبت السيدة سامسا رسالة اعتذار لعملائها.

Et Grete a écrit sa lettre d'excuses à son directeur.

وكتبت غريت رسالة اعتذارها إلى مديرة مدرستها.

Pendant qu'ils écrivaient tous, la bonne entra dans la pièce.

وبينما كانوا جميعاً يكتبون، دخلت الخادمة إلى الغرفة.

Son travail du matin était terminé, elle rentrait donc chez elle.

انتهى عملها الصباحي، لذا كانت ستعود إلى المنزل.

Les trois écrivains hochèrent d'abord la tête, sans lever les yeux.

أومأ الكتّاب الثلاثة برؤوسهم في البداية، دون أن يرفعوا أعينهم.

Mais la bonne ne semblait pas encore vouloir partir.

لكن الخادمة لم تبدُ راغبةً في المغادرة بعد.

Elle attendit un peu, jusqu'à ce que les trois écrivains lèvent les yeux.

انتظرت قليلاً، حتى رفع الكُتّاب الثلاثة أنظارهم.

« Eh bien ? » demanda M. Samsa, en colère, comme l'étaient les autres.

"حسنًا؟" سأل السيد سامسا غاضبًا، كما كان الآخرون.

La bonne se tenait sur le seuil, un sourire aux lèvres.

وقفت الخادمة عند المدخل وعلى وجهها ابتسامة.

Elle donnait l'impression d'avoir de bonnes nouvelles à annoncer.

أعطت انطباعاً بأنها تحمل أخباراً سارة.

Mais elle n'allait pas partager la nouvelle à moins qu'on ne le lui demande.

لكنها لم تكن لتنشر الخبر إلا إذا طُلب منها ذلك.

La plume d'autruche dressée sur son chapeau oscillait légèrement.

تمايلت ريشة النعامة المنتصبة على قبعتها قليلاً.

Cette plume d'autruche avait toujours agacé M. Samsa.

لطالما أزعجت ريشة النعامة تلك السيد سامسا.

« Alors, que voulez-vous ? » demanda Mme Samsa, d'un ton ferme.

"إذن، ماذا تريدين؟" سألت السيدة سامسا بحزم.

La bonne avait encore beaucoup de respect pour Mme Samsa.

لا تزال الخادمة تكنّ احتراماً كبيراً للسيدة سامسا.

« Oui », répondit-elle, et elle éclata d'un rire amical.

أجابت قائلة: "نعم"، ثم انفجرت في ضحكة ودية.

Un instant, son rire l'empêcha de parler.

للحظة، منعها ضحكها من الكلام.

«Tu n'as pas à t'inquiéter pour ce qui se passe chez le voisin.»

"لا داعي للقلق بشأن ذلك الشيء المجاور".

« J'ai déjà prévu comment nous allons nous en débarrasser. »

"لقد رتبت بالفعل لكيفية التخلص منه".

Mme Samsa et Grete continuèrent à écrire leurs lettres.

واصلت السيدة سامسا وغريت كتابة رسائلهما.

Mais M. Samsa remarqua que la bonne n'avait pas encore terminé.

لكن السيد سامسا لاحظ أن الخادمة لم تنتهِ بعد.

Elle voulait maintenant tout décrire plus en détail.

والآن أرادت أن تصف كل شيء بمزيد من التفصيل.

Mais il tendit la main pour repousser ses avances.

لكنه مدّ يده ليرفض محاولاتها.

Elle s'est rendu compte qu'ils n'étaient pas intéressés par ses projets.

أدركت أنهم غير مهتمين بخططها.

Et puis elle se souvint de la grande précipitation dans laquelle elle avait été.

ثم تذكرت العجلة الكبيرة التي كانت عليها.

« Ciao alors », dit-elle, insultée par ce manque d'intérêt.

قالت: "وداعاً إذن"، وقد شعرت بالإهانة من قلة الاهتمام.

Mais avant de partir, elle a claqué la porte très fort.

لكن قبل أن تغادر، أغلقت الباب بقوة شديدة.

« Elle sera licenciée ce soir », a déclaré M. Samsa.

قال السيد سامسا: "سيتم فصلها في المساء."

Mais sa femme et sa fille étaient trop occupées pour lui répondre.

لكن زوجته وابنته كانتا مشغولتين للغاية بحيث لم تتمكنا من الرد عليه.

Parce que la bonne avait troublé leur paix nouvellement acquise.

لأن الخادمة قد أزعجت سلامهم الذي نالوه حديثاً.

La mère et la fille se levèrent pour aller à la fenêtre.

نهضت الأم وابنتها للذهاب إلى النافذة.

Et, enlacés, ils restèrent là.

وبقيا هناك وأذرعهما ملتفة حول بعضهما البعض.

M. Samsa se tourna sur sa chaise pour les regarder.

استدار السيد سامسا في كرسيه لينظر إليهم.

Et pendant un moment, il les observa en silence, immobiles là.

وظل يراقبهم وهم واقفون هناك بهدوء لبعض الوقت.

Finalement, il leur cria : « Viendrez-vous à moi ? »

وأخيراً نادى عليهم قائلاً: "هل ستأتون إليّ؟"

«Oublions tout ça, d'accord ?»

"دعونا ننسى كل تلك الأشياء القديمة، أليس كذلك؟"

«Viens à moi et accorde-moi un peu d'attention.»

"تعال إليّ وأعطني بعضاً من انتباهك".

Les deux femmes firent ce qu'il leur avait dit et se précipitèrent vers lui.

فعلت المرأتان ما قاله، وهرعتا إليه.

Ils lui ont fait une accolade affectueuse et l'ont embrassé.

عانقوه بحنان وقبلوه.

Ils retournèrent rapidement pour terminer la rédaction de leurs lettres.

عادوا بسرعة لإكمال كتابة رسائلهم.

Puis, tous les trois, ils quittèrent l'appartement ensemble.

ثم غادر الثلاثة الشقة معاً.

Ils n'étaient pas sortis ensemble depuis des mois.

لم يخرجا من المنزل معاً منذ شهور.

Et ils prirent le tramway jusqu'à la périphérie de la ville.

ثم استقلوا الترام إلى ضواحي المدينة.

Ils avaient toute la rame du tramway pour eux seuls.

كانت عربة الترام بأكملها ملكاً لهم.

La lumière du soleil inondait la pièce par la fenêtre.

غمرت أشعة الشمس المكان من خلال النافذة قادمة من الخارج.

La famille se cala confortablement dans ses sièges.

استرخى أفراد العائلة في مقاعدهم براحة.

Et ils ont discuté de leurs perspectives d'avenir.

وناقشوا آفاق مستقبلهم.

À y regarder de plus près, leurs perspectives n'étaient pas mauvaises.

وبعد التدقيق، تبين أن آفاقهم لم تكن سيئة.

Tous les trois occupaient des emplois qui leur permettraient de gagner davantage.

كان لدى الثلاثة وظائف تتيح لهم إمكانية كسب المزيد من المال.

Ils ne s'étaient jamais interrogés l'un sur l'autre concernant leur travail.

لم يسأل أحدهما الآخر قط عن عمله.

Mais maintenant, ils avaient enfin le temps de discuter de ces choses-là.

لكن الآن أصبح لديهم أخيراً الوقت لمناقشة مثل هذه الأمور.

Ils avaient également la possibilité de déménager dans un appartement plus petit.

كان لديهم أيضاً خيار الانتقال إلى شقة أصغر.

Cela aurait le plus grand impact sur leur vie.

سيكون لهذا الأمر أكبر الأثر على حياتهم.

Leur appartement actuel avait été choisi par Gregor.

تم اختيار شقتهم الحالية من قبل غريغور.

Mais maintenant, ils pourraient déménager dans un endroit plus abordable.

لكن الآن بإمكانهم الانتقال إلى مكان أكثر ملاءمة من حيث التكلفة.

Un appartement plus petit, mais dans un endroit plus pratique.

شقة أصغر، لكنها مكان أكثر عملية.

Parler de l'avenir a redonné vie à Grete.

الحديث عن المستقبل جعل غريت أكثر حيوية من جديد.

Monsieur et Madame Samsa ont également remarqué d'autres changements chez elle.

لاحظ السيد والسيدة سامسا تغييرات أخرى فيها أيضاً.

Ses joues étaient devenues pâles à cause de tous ses soucis.

شحب وجهها من كثرة همومها.

Mais à présent, leur fille s'épanouissait et devenait une femme remarquable.

لكن ابنتهما الآن تتفتح لتصبح سيدة رائعة.

C'était vraiment une belle et jolie jeune femme, maintenant.

لقد أصبحت حقاً شابة جميلة وذات بنية جيدة الآن.

Ses parents se turent et admirèrent leur fille.

صمت والداها وأعجبا بابنتهما.

Ils échangèrent un regard, communiquant inconsciemment.

تبادلوا النظرات، وتواصلوا فيما بينهم دون وعي.

« Il sera bientôt temps de lui trouver un homme bien. »

"سيحين الوقت قريباً لإيجاد رجل صالح لها".

Le tramway était arrivé à destination et avait ralenti.

وصل الترام إلى وجهته وخفف سرعته.

Leur fille semblait confirmer leurs nouveaux rêves.

بدت ابنتهما وكأنها تؤكد أحلامهما الجديدة.

Elle fut la première à se lever et à étirer son jeune corps.

كانت أول من نهضت ومددت جسدها الصغير.

كانت أول من نهضت ومددت جسدها الصغير.